U0081387

鳴鶴集

潘國森 著

書名：鳴鶴集
作者：潘國森
系列：潘國森文集・文學類
編輯：潘國森文集編緝組

出版：心一堂有限公司
地址／門市：香港九龍尖沙嘴東麼地道六十三號好時中心LG六十一室
電話號碼：(852)6715-0840
網址：www.sunyata.cc
電郵：sunyatabook@gmail.com
網上書店：http://book.sunyata.cc

香港及海外發行：香港聯合書刊物流有限公司
香港新界大埔汀麗路36號中華商務印刷大廈3樓
電話號碼：(852)2150-2100
傳真號碼：(852)2407-3062
電郵：info@suplogistics.com.hk

台灣發行：秀威資訊科技股份有限公司
地址：台灣台北市內湖區瑞光路七十六巷六十五號一樓
電話號碼：(886)2796-3638
傳真號碼：(886)2796-1377
秀威網絡書店(台灣地區)：http://www.bodbooks.com.tw/

中國大陸發行・零售　心一堂
深圳店地址：中國深圳羅湖立新路六號東門博雅負一層零零八號
深圳店電話：(86)0755-82224934
北京店地址：　中國北京東城區雍和宮大街四十號
心一堂官方淘寶店：http://shop35178535.taobao.com/

版次：二零一五年十二月版
平裝

	港幣	一百零八元
定價：	人民幣	一百零八元
	新台幣	四百三十八元

國際書號　ISBN　978-988-8316-80-9

目　錄

自序

本書是筆者在香港《百家文學雜誌》發表雜文的結集，雜誌創刊於二零零九年四月，是一部標榜「文學百家、爭鳴勝地」的雙月刊，前後出了六年共三十六期，二零一五年二月號是最後一期。筆者在創刊與最後一期都寫金庸，可以說是由金庸始、以金庸終。

雜誌負責人黃仲鳴主席每在夜闌人靜時來電，吩咐交稿。每次問及題材和字數的要求，黃總都是答「隨意」，例外的是創刊號要談金庸與梁羽生的小說，最後一期也是指名談金庸。這就給予筆者極大的自由度，凡是不知用什麼途徑發表的雜文，都交給黃總發落。現在集中的雜文，有短至一千數百字，亦有長至五六千字，題材尚算廣泛。

有一回，因有兩個題材可寫，便交出兩篇短文。黃總說，這個雜誌受官方資助，如果一期之內，刊用某人兩篇文之多，便不甚合適，於是要我用筆名。數十年未用筆名，黃總有命，自當遵從，現在結集，理應還原真相。

另有四篇文因已收錄在《二零一四甲午香港黃巾之亂》（編入心一堂《潘國森文集・政事類》，已出版），在此不再重覆，包括：

〈通識批判、批判通識〉，二零一一年四月

〈未辨中國香港人〉，二零一二年二月

〈歷史愛國教育不可造次〉，二零一二年八月

〈香港粗口時談平議〉，二零一三年八月

集中大部份短文，都被放在雜誌中〈諸子爭鳴〉的欄目，結集得要有個名稱，這當然要從「鳴」字上去尋求。但是「爭鳴」二字實在太普通、太陳腔濫調，便決定用「鶴鳴」，用《易・中孚・九二》的典：「鳴鶴在陰，其子和之。我有好爵，吾與爾靡之。」

是為序。

潘國森

乙未仲秋

序於心一堂

梁羽生金庸的明爭暗鬥

(一)

香港著名小說家梁羽生逝世，誠然是香港文壇的一大損失，而梁羽生、金庸之間於名位的「明爭暗鬥」亦可以劃上一個休止符。金庸與梁羽生的小說作品普遍被歸類為「新派武俠小說」，而兩位都以香港為文藝創作的基地，作品廣受讀者歡迎，影響深遠，是香港文學史不可不提的一個重要環節，不能以「通俗小說」為詞而低貶之。

「新派武俠小說」自上世紀五十年代中至今已超逾半個世紀，不止風行一時，若以三十年為一個世代，香港式的「新派武俠小說」更可以說是流傳兩代。雖然這些長篇幅、大部頭的武俠小說已經因為近年年青讀者的閱讀習慣改變而令新讀者數量有所下降，但是可以預期今後一段時間仍然會繼續流行。梁羽生的武俠小說歷年以來陪伴萬千讀者一起成長，他的成就在香港文學史上穩佔一席位。

梁羽生曾經表示：「至於比較，我覺得老談第一第二很無聊，就算是同一類的作家，每個人仍有每個人的特色。」過去梁羽生曾經多次公開比較兩人作品的優劣，可以算是「明爭」；而金庸卻從來沒有正面回應梁羽生的批評，只是在自己小說作品再版時按照梁羽生的批評做了修改，實是「暗鬥」。近年梁羽生在評價兩人的地位時提出：「開風氣也，梁羽生，發揚光大者，金庸。」可以說是接受金庸在水平上是第一，自己只拿回在時序上的第一。

（二）

經常有人以「一時瑜亮」來形容金庸、梁羽生的武俠小說創作成果。自從八十年代以來，雖然有許多評論者仍然將二人相提並論，但是金庸小說獲得的評價顯然已經陸續拋離梁羽生，在中國內地和台灣更甚。這可以從幾個方面了解，首先研究金庸小說的文章和專著在質和量都遠在梁羽生之上，「金學研究」比「梁學研究」就蓬勃得多了；其次電影、電視將兩人的小說改編重拍的頻率仍是金勝於梁；金庸小說更多被改編為不同的文藝形式演出，包括互聯網遊戲、連環圖、舞蹈、音樂等。

有人會認為這是因為金庸除了是小說家之外，還有企業家和報人的身份，有利於金庸將自己的小說作多元化產品開發；梁羽生則沒有多重身份，而且掌有梁羽生小說版權的出版社亦沒有推出大規模的「立體」市務推廣，更令梁羽生小說的知名度和受歡迎度都不及金庸。比如說台灣的遠流出版社架設了「金庸茶館」網站，當中的討論區吸引了大量來自大中華地區、以至海外的上網族金迷讀者參與，成為「金庸小說研究」的一個大園地。無論從任何角度來看，「梁迷」的熱誠遠遠追不上「金迷」。看來這個與讀者的自發性有關，認為「梁勝於金」的讀者較少肯深入去研究和闡釋梁羽生小說在那些方面勝過金庸，「梁學」與「金學」相比，顯得相當單薄。當然，金庸很抗拒「金學研究」這個提法，情願講「金庸小說研究」，以免與《紅樓夢》產生的「紅學」比較。值得一提的是「金庸小說研究」作品雖然很多，但是大部份只是讀者以隨筆式寫下的感受，跟扎實的文學研究仍有很大的距離。

還有是其他藝術工作者對金庸小說的喜愛超過梁羽生小說，所以才會有音樂家和畫家經年累月策劃籌備以音樂、圖畫的形式表達金庸小說的神髓。當然，金庸小說的市場價值高過梁羽生小說亦可能是原因之一，但是亦反映廣大讀者的喜好，而商人只是按照他們的商業觸覺行事。不過無論如何，文字評論的「機會成本」最低，在互聯網上發表意見更輕而易舉，評論梁羽生小說的文字遠遠少過金庸小說，只能說明鍾愛梁羽生小說，或者認為「梁勝於金」的論者沒有太多新鮮的觀點可以發表。

（三）

現時關於金梁二人作品的比較，流通比較廣的說法都是出自梁羽生，可以說給梁羽生的結論壟斷。金庸則沒有公開談及老朋友、老同事的作品。梁羽生說得比較多，早在一九六六年署名「佟碩之」的《金庸梁羽生合論》即有貶金褒梁之意，有意爭第一，現時傳媒仍然陳陳相因當中的主要論點。

其中一個較廣為引用的是「宋代才女唱元曲」。在以南宋年間蒙古初興為時代背景的《射鵰英雄傳》裡面，女主角黃蓉唱過《山坡羊》，梁羽生認為歷史上時序不合。許多意圖低貶金庸的論者並沒有不功夫研究，於是翻來覆去只能提這一個例子。實情是金庸小說裡面前人念誦後人詩詞戲曲作品的例子俯拾皆是，但因為黃蓉唱《山坡羊》這一例是梁羽生「指名道姓」，金庸只好在七十年代開始修改的「修訂二版」中寫了個「註」來解釋。其他例子也就隻字不提了，從這件事可知，意圖惡評金庸的論者都很少下苦功。例如《神鵰俠侶》寫程英與黃蓉、陸無雙一起去找郭襄，道上見到桃花，便唸了梁曾《木蘭花慢·西湖送春》的幾句：「問花花不語，為誰落？為誰開？算春色三分，半隨流水，半入塵埃。」這位梁曾年紀比程英還少，成年後才到南方，寫成這首詞的時候，《神鵰俠侶》

應已「散場」。還有《鹿鼎記》中，吳六奇唱孔尚任的《桃花扇》一段，亦是「預知未來」。

還有是中國與西洋之辯。梁羽生在《金庸梁羽生合論》中寫道：「……梁羽生的名士氣味甚濃（中國式）的，而金庸則是現代的『洋才子』。梁羽生受中國傳統文化（包括詩詞、小說、歷史等等）的影響較深，而金庸接受西方文藝（包括電影）的影響較重。雖然二人都是『兼通中外』（當然通的程度也有深淺不同），梁羽生也有受到西方文化影響之處……但大體說來，『洋味』是遠遠不及金庸之濃的。」

這個提法是在比較作者本人，卻不能移作評論兩人的小說，雖然梁羽生本人對詩詞韻文的喜愛和造詣高於金庸，但是將詩詞用在小說則不及金庸的技巧。例如金庸為《倚天屠龍記》所撰的四十句柏梁臺體詩的回目，與及《天龍八部》五首回目詞，都勝過梁羽生小說的回目聯句。當然，這都是金庸因應梁羽生在六十年代批評他對詩詞格律不熟而做的「功課」。

梁羽生又認為：「有一定中國文化水平的讀者，讀梁羽生的小說，可能覺得格調較高，更為欣賞。一般讀者，若是抱著追求刺激的心理，讀金庸的小說，可能得到更大的滿足。」筆者多年前曾比較二人文筆，在此重述一次。梁羽生《塞外奇俠傳》有一段寫塞外夜色：「仲夏夜的草原，天空特別明淨，滿天星斗，像一粒粒的寶石嵌在藍絨幕上，遠處雪山冰峰，矗立在深藍色的夜空中，像水晶一樣閃閃發光。」金庸《射鵰英雄傳》寫郭靖夜登倚在撒麻爾罕城的禿木峰：「……只見那山峰頂上景色瑰麗無比，萬年寒冰結成一片琉璃世界，或若瓊花瑤草，或似異獸怪鳥，或如山石嶙峋，或擬樹枝椏槎。郭靖越看越奇，讚嘆不已。」可見梁羽生刻意用淺白的白話文，行文較為西化；而金庸的筆法更近傳統，多了一點古意。喜歡古文多過白話文的讀者或會更欣賞金庸的修辭。

(四)

梁羽生自評：「不論形式與內容，處處都可以看出他受中國傳統小說的影響，如用字句對仗的回目，每部小說開頭例有題詩題詞，內容大都牽涉及真實的歷史人物，對歷史背景亦甚重視等等。」

其實梁羽生的重要作品對歷史時序都比較馬虎。例如《七劍下天山》第一回約在康熙十三年吳三桂叛清，結局時是書中「數年之後」康熙遣十四貝勒入西藏（事在康熙五十七年），也就是說梁羽生把四十多年的時空，當作數年來寫。又如《狂俠・天驕・魔女》開始時是宋高宗紹興二十九年（即一一五九年），而以成吉思汗死時為結局

（其時為一二二七年），據史實是隔了近七十年，但書中人物卻只度過了數年的時光。

梁羽生筆下天山派始創人霍天都的壽元錯得更嚴重，可從《萍蹤俠影錄》的張丹楓算起，他約在一四三〇年出生，粗略估計比弟子霍天都年長約三十歲，則霍天都在一四六〇年左右出生。霍天都的傳人岳鳴珂做過熊廷弼的侍衛，約在一五九〇年出生，此時他的師父霍天都已是一百三十歲了！張丹楓是十五世紀中葉的人，他的徒孫卻是十六七世紀的人，這不能不算是作者粗心大意了。

《金庸梁羽生合論》發表之後，金庸寫了一篇《一個「講故事人」的自白》回應：「小說本身雖然不可避免的會表達作者的思想，但作者不必故意用人物、故事、背景去遷就某種思想和政策。」那是暗批梁羽生受「某種思想和政策」規範。如果讀者重視中國傳統文化，當可感受到梁羽生小說對於闡述儒釋道三家文化差不多交了白卷，只有歌頌如李自成那類流寇的「農民革命」。

再略談人物，梁羽生認為金庸寫邪派比正派成功，自己則寫「名士風流」較好，近年又批評金庸寫好君子如段譽不夠精彩，這就很奇怪了。實情是段譽是金庸筆下成功的「名士風流」型人物，才學、風度、習氣都是一派名士風範，比起梁羽生最引以自豪的筆下人物張丹楓和金世遺都優勝得很多。

金庸沒有親自出席梁羽生的喪禮，送上輓聯：「同行同事同年大先輩，亦狂亦俠亦文好朋友。」下聯最後的友字屬仄聲，應改為「朋」字作結才合平聲。輓聯上款是「悼梁羽生兄逝世」，下款是：「自愧不如者：同年弟金庸敬輓」。金庸以一副不合平仄的聯送給多年的好朋友，作為最後一次交流，等於確認了在詩詞韻文的造詣上金庸始終不及梁羽生，合該「自愧不如」了。

潘按：本文在《百家文學雜誌》二零零九年四月創刊號發表。

又來修理陶傑

陶傑反擊林沛理

香港讀者對陶傑文章的評價頗為兩極化，但以讚美為主流，「狠批」的屬少數。陶傑看來很在意別人的批評，如果情況許可，他會用十分狠辣陰損的手法還擊。

二零零九年四月陶傑發表了一篇英文文章，題為The War at Home，文中將菲律賓稱為「僕人國家」（a nation of servants），還有許多「主子罵奴才」的內容，令到不少菲律賓人大為憤怒，該國出入境部門甚至將陶傑列為不受歡迎的黑名單，香港更出現數千名菲律賓人遊行抗議的場面。風波至今基本上已平息，可以用不了了之四字形容。許多平日大談反對歧視、維護弱勢社群的人，遇上這樣明顯的冒犯，都沒有站出來聲援受辱的本地菲律賓裔社群。為甚麼會一反常態，只有他們自己才知道。陶傑的支持者甚至表示菲律賓放府禁止入境也沒有甚麼大不了，而陶傑亦不會在乎云云，態度更有點無賴。

作家林沛理撰文（題為《僱傭兵的鬧劇與悲哀》）嚴厲批評陶傑其人、其事、其文。

先有總評：

陶傑也許在香港芸芸專欄作家之中名氣大和知名度高，但認真的讀者（serious readers）大概早已不把他寫的文章和發表的言論當作一回事。他的觀點總是那麼偏激狹隘，論證總是那麼粗糙簡陋……他的文章充斥譏諷語與挖苦話，偶有文采和機智，但總是無關邏輯、不涉理路，經不起深入分析和認真討論。

接下來是「文」和「理」的指疵：

以這篇引起軒然大波、題為《The War at Home》（家庭戰爭）的文章為例，不足五百字的短文除了有至少一個礙眼的文法錯誤之外（"As a patriotic Chinese man, the news has made my blood boil" 這句明顯用錯了主詞，須改寫為以「I」做主詞，例如 "As a patriotic Chinese man, I must tell you that the news has made my blood boil"），還擠滿了有關種族、歷史和城市、不會因事實而改變的偏見和固執的想法（fixed ideas）……

再有事涉種族歧視的背景分析：

陶傑的政評和時評大多都不值得一哂，但我們不能說走出來捍衛自己尊嚴的菲律賓人小題大作。經過戲劇處理的偏見（dramatized prejudice）仍然是偏見，甚至可以是造成更大傷害和破壞的偏見，因為這類偏見並非出現在理性討論的範疇，所以往往能夠避開細心的審視和嚴肅的看待。事實上，香港人對菲傭的賤視，早已根深柢固到接近自己視若無睹的地步。

最後的結論是「陶傑現象」對香港的影響：

如果陶傑真的如《蘋果日報》所言是「香江第一才子」，那這個「第一才子」的「香江」究竟是一個怎樣的地方？我們應該反省的，是甚麼樣的文化會將名氣（fame）和不名譽（notoriety）等同起來？當一個文化僱傭兵（cultural mercenary）被抬舉為公共知識分子（public intellectual）、名家和權威，這些媒體的評論水平和誠信（integrity）可思過半矣。我不否認陶傑作為一個諷刺作家（satirist）有其份量，但他的文章必須批判性地閱讀。

先談「總評」。這一段評論屬於概括的觀感，一來礙於篇幅所限未能提出足夠例證，二來個別措詞亦難量化和舉證。「認真的讀者」一語亦將矛頭指向所有褒美陶傑文章的讀者，「打擊面」很大，但怎樣才算認真實在難說得清。「偏激狹隘」和「粗糙簡陋」都可以歸類為主觀評論，然而「譏諷」、「挖苦」、「文采」和「機智」都很合許多香港讀者的脾胃，既然有這許多趣味，又何必要

「深入分析和認真討論」？

再說「文法」。林沛理指出這個英文文法上的錯誤是這麼明顯，當令陶傑的擁躉無可辯解，只可以顧左右而言他。不過陶傑另有辦法。

還有「歧視」。陶傑為文辱及菲律賓人，卻有許多人香港人為他辯護，通常都認為批評者不夠幽默，或看不出文章以諷刺筆法批評中國人而不是針對菲律賓人。但是許多菲律賓人懂英文而不懂中文，他們沒有義務讀遍陶傑的作品以了解他的文風。這篇以英文文章是怎樣寫，讀者就可以只從文章去看有沒有侮辱和輕蔑菲律賓人。正如林沛理的分析，不少香港雇主對菲律賓家庭傭工有諸多不滿。陶傑署名文章以主子教訓奴才的口吻，向虛擬的菲律賓傭工訓話，似乎可以為一些自以為飽受菲律賓傭工困擾的香港雇主出一口烏氣。但是陶傑沒有說明那是代一個虛擬的「中國憤青」發言，言出汝口、入於人眼，理應負上文責。

最後是「結論」，林沛理的打擊面更大更廣，但物以類聚，喜歡看陶傑諷刺時人時事的讀者但求快感，當然不會耐煩去「批判性地閱讀」。

林沛理的批評以「認真的讀者」為對象，陶傑本人亦是其中之一。

陶傑在五月發表《比拼英文好》，以不點名形式反擊，明眼人一看就知罵的是誰。重點是：

華人用英文寫作，易惹是非。首先，一定會招來其他在美國學院讀過一點洋博士書的文人非議，說這句那章「不合文法」。什麼叫「文法」？以英語為母語的寫作人，都不理什麼文法。因為學文法，像學劍一樣，只一招一式記牢劍譜，永遠成不了劍道大家。像學獨孤九劍一樣，最後把劍譜通通忘了，理論都融在行為裏，就是名師了。中港台的英語教學，太注重文法。英語在生活之中，不斷演進：昨天還很嚴謹的「文法」，今日就可以打破。……《泰晤士報》的權威影評，說這部戲Gripping from start to finish—意思是「由頭到尾，扣人心弦」。問一問英文半碗水的「學者」，他會把辭典找出來，指指點點：start和finish，主要作動詞用，更正確的「文法」應該是beginning和end。與這種人爭論英文之正誤，是浪費時間，因為「學者」幾十年見到的英文，是學報刊登枯燥艱深裝腔作勢的英文，不是動感多姿的生活英文，熱愛框條，擁抱銬鐐，中國人的思想多框框，結結巴巴地學英語，做慣了奴隸，也很難例外。A little knowledge is a dangerous thing。做洋奴，已經很可憐，當英文文法的洋奴，更為下等。

陶傑給林沛理指出這個文法錯誤，原本無可辯解，當然不能見招拆招，便用「偷樑換柱」的手法來應付。他甚至連「文法」也質疑，倒好像說自己是「忘記文法」的「名師」，卻忘記了自己也曾嘲諷過別人的英文文法不佳，實在「使銅銀夾大聲」。最重要的是英文文法雖然不斷演進，但是陶傑這次犯的文法錯誤到今天仍然是錯。陶傑錯而不認，這樣的自辯實在「浪費時間」。

陶傑的反擊亦不顧邏輯。他引述的「權威影評」根本沒有文法錯誤，start和finish亦可以作名詞用，那只是修詞上的變化，這個例子與陶傑的文法錯誤全無關係，此其一；林沛理批評陶傑的文法錯誤，沒有批評「權威影評」用錯了字，認為beginning和end文法上更正確的人是陶傑而不是林沛理，這個例子亦與林沛理無關，只是陶傑用暗示法來栽贓，此其二。陶傑由此推論，進一步影射林沛理閱讀英文文章的經歷不足，屬於想當然的虛構，此其三。然後痛罵對方為洋奴，這全不是「獨孤九劍」攻敵必救的心法，卻是「化骨綿掌」一類的陰損招術，絕不是「劍道大家」的作風。再加上不點名謾罵，令林沛理就算想還招也有困難。難道你自認是「讀過一點洋博士書的文人」嗎？你對號入座自認「英文文法的洋奴」？因此，這次交手不會發展成為筆戰，陶傑英文文法犯了嚴重錯誤一事，亦會如陶傑行文冒犯菲律賓人一樣，不了了之。但是第三者的修辭技巧和「動感多姿的生活英文」與陶傑無關，自不能抵銷當事人陶傑的具體文法錯誤。陶傑這篇回應，或可說不是寫給林沛理看，對象是自己的支持者。乘機自我膨脹，更上綱上線辱罵人家是洋奴。

從文字說理的角度來看，林勝陶敗；但演說角度來看，林未勝陶亦未敗。總之，喜歡看陶傑諷刺文章的讀者，不會在乎陶傑文章中有任何在文字、觀點、論證和材料的錯誤。這正正是林沛理對香港文化現象的憂思。

陶傑英文閱讀理解不合格

過去曾有人問我對陶傑的英文水平的看法，現僅從我掌握的資料評論一下。

語文水平涉及語言和文字的收發。發放語言是「講話」；接收語言是「聆聽」；發放文字是「寫作」；接收文字是「閱讀」。我只能就閱讀過的陶傑譯作，談談陶傑的英文閱讀理解能力。若借用舊日香港公開考試的評級，屬於「不予評級」的U級，比不合格的F級還要差。

翻譯涉及閱讀「來源語」的原文，與及以「目標語」的文字重新寫出。陶傑曾經為前港府高官鍾逸傑的回憶錄（"Feeling the Stone"）翻譯中文版（《石點頭》），讀者如果拿英文原版比較，可以從中了解陶傑的英文閱讀理解能力。此下先舉陶傑的譯文，才引鍾氏原文，與及提供我的試譯，明確顯示陶傑是怎樣看不明原著。

第一例中陶傑的譯筆是：

兩天來，我一直呆在赫爾一座堅固的圓頂小屋裡，俯衝轟炸機在屋頂上開火，我則學會了操作槍炮的基本原理，後來艦隊在北海寒冷的水域遭到潛伏的德國魚雷快艇截擊時，這些卻不派不上用處，整個黑夜瀰漫着火光和爆炸，而我在炮塔裡對着一管槍束手無策。

鍾逸傑身為軍人而「對着一管槍束手無策」，實在有點怪，卻原來陶傑不知道gun既可以是槍，亦可以是炮。原文是：

Two days in Hull were spent in a 'dome', a concrete igloo with dive-bombers projects onto its ceiling, learning the rudiments of gunnery – knowledge which was precious of little use later, when the convoy was intercepted by lurking E-boats down the cold reaches of North Sea, flashes and explosion filled the night air, and I was in a gun turret with a gun which I knew nothing.

長話短說，我會這樣翻譯：「我在赫爾的兩天都耗在一座混凝土圓頂小屋裡，俯衝轟炸機在屋頂上投彈，我正在這裡學習炮術入門原理，但是這些知識日後用處極小。後來我軍的船隊在寒冷的北海水域遭到德國魚雷快艇伏擊，夜空到處都是火光和爆炸，而我在炮塔內對著一管我一無所知的大炮。」當然，我的譯法不是唯一標準，只是要說明陶傑的錯誤理解包括將轟炸機空襲投彈誤作「開火」；鍾逸傑學了兩天，卻沒有說「學會」，否則不可能日後「一無所知」。

一次犯錯可能是一時失察，再次重犯顯然就是不懂。鍾逸傑回憶前港督尤德逝世，又讓讀者知道陶傑不知gun可以是炮，他譯道：

……安排這個從沒有舉行過的儀式。他是第一位在殖民地領土任內逝世的總督。希斯所能安排的，是一千軍人列隊步操，以及十七響鳴槍敬禮。」

對尤德喪禮記憶猶新的香港人可以指出當時鳴炮而不是鳴槍。

原文是：「… arranged the details of an unscripted ceremony for the funeral in his own territory of the first Governor to die in office. All Sir Mark could discover was that a thousand troops could march in procession and that a seventeen-gun salute could be fired.」

鍾逸傑的原意是：「……為第一位任內去世的總督，在這殖民地上安排喪禮的細節，卻沒有明文規定。希斯能夠找到的材料是可以安排千人的送葬行列，與及十七響禮炮致敬。」實情是負責的官員絕對有能力安排二三千人的送葬隊，與及最高的二十一響禮炮。但是以尤德的官職，只容許千人送葬和十七響禮炮。

再以下例作結，陶傑譯道：

香港島即使加上九龍半島也難有作為，在香港和中國之間也沒有緩衝地帶。沿山而下穿越九龍北部的一條泥濘潮河，可能是一條更好的邊境線。這分界線能在香港和中國農村之間形成一個緩衝的鄉郊地帶。

這樣的描述實在古怪，叫香港人摸不著頭腦。

鍾逸傑比陶傑更熟悉香港地理，他說：「The island of Hong Kong together with the end of the Kowloon Peninsula gave no room to manoeuvre, no cordon sanitaire between Hong Kong and China. A muddy tidal river over the mountains well to the north of Kowloon was thought to be a better boundary. It would create a buffer of rural land between Hong Kong and the villages of China …」

我認為可以譯成：「香港加上九龍半島沒有足夠發展騰挪的空間，令香港和中國之間缺少一條防疫線。九龍以北遠處的一條泥濘潮河被視為更佳的邊界，可以為香港和中國鄉村之間創造一個郊外的緩衝區……」陶傑竟然把深圳河說成穿越九龍北部，沒有正確理解「well to the north」是甚麼意思。

陶傑錯誤理解鍾逸傑原著的例不勝枚舉，差不多每一頁都有錯，隨便舉三個例，還未算是冰山一角，只是冰山上的零碎雪花。因此，我認為陶傑在翻譯這部書的過程中，顯示其英文閱讀理解能力不合格，差勁到不能評級。

潘按：本文在《百家文學雜誌》二零零九年六月號發表。

附：我與陶傑先生的全部交集

「交集」（intersection）是數學中集合論（Set Theory）的術語，近年較多人用在日常生活。兩個集合（set）A和B的交集，是含有全部既屬於A而又屬於B的元素，而沒有其他不是同時間屬於A和B元素。當A和B的交集為「空集」（empty set），即表示兩集之間並無任何相關連、相交涉。「交集」本來就可以用來形容不同事物交織在一起，而人與人之間「交集」，可以理解為雙方共同牽涉入任何人和事的全部實況。人海茫茫，兩個人縱使同時同地生活，也極有可能完全沒有任何交集。

我曾經出版過兩部專著，都是以批評陶傑先生報上專欄作品為題材，即《修理陶傑》（次文化，2004）和《Critique On 陶傑》（次文化，2005）。此後，社會上流播一些不實的傳言，十年過去，理應澄清一下，以免讀者繼續誤會下去。

出版了《修理陶傑》之後，有一段時間筆者好像成為了「冤情大使」，間常收到讀者電郵送來的文章，內容都是批評陶君的作品之中嚴重失實、誤導讀者之處。他們都是不滿陶君的文章出錯，而又認為如果直接向陶君或相關的報刊反映必定會被當為耳畔東風。筆者每次回覆都是，請他們自行投稿，公開澄清，因為潘國森實在無法一一裁決。筆者撰寫《修理陶傑》時所取材者，都是信手翻閱陶君的作品而一眼便看到非常嚴重的毛病，才找來評論。各方讀者傳來的文章，經常出現一些並非筆者一眼就能辨別對錯的學理和知識，所以實在沒有這許多功夫去一一查證核實。

然後，在互聯網上流傳「潘國森是陶傑的諍友」、「潘國森是陶傑一生最好的語文老師」等等的說法。過了一段時間，互聯網上再流傳責備筆者的言論，如「經常批評名人以博上位」、「不過多年以來，潘國森還是無法藉批評名人上位」等等。這名人之列，當然少不得陶君在。

謠言造成不良語業，知道真相而任由謠言流播，其實亦有責任，其過失或與散播者等同。十年過後，似乎是說明真相的時候。

寫一篇文批評一個人或一件事，跟出一部書批評一個人或其所作之事，其實是兩個很不同的概念。用一篇文批評他人，縱是用上數千近萬字，通常只可以討論三數個過錯失誤；而用一整本書批評他人，就要討論好幾十個過錯失誤才可以成篇。《修理陶傑》和《Critique On 陶傑》都收了五十餘篇短文，每篇都有點評陶君一兩個無可抵賴的錯誤。換言之，要找到陶傑有這麼多錯處，才可以寫成兩本薄冊。

筆者過去為文批評旁人，既有指名道姓，亦有姑諱其名。原則很簡單，凡是對社會大眾有較大不良影響的人和事，才會出版專著，用較多篇幅點名批評，以免讀者不知道筆者言及的是什麼人。「情節輕微」的，有時為了容易發表，避免報刊的編輯為難，就因應人家的編輯方針而調節。《百家文學雜誌》講求「百家爭鳴」，也就在是否開名點評這一事上面，從來不作規限。

被人點名批評，並不是每一個成年人都能接受，出錯者不容易認錯；出錯者的擁躉更不能接受自己的偶像有這樣嚴重的錯，或被不相干的第三者指稱其偶像出錯。筆者頻年以來，多點名批評，難免惹人討厭。筆者的心態是《飛狐外傳》裡面「趙半山演亂環訣」的故事，書中描述紅花會三當家趙半山公開演練太極拳的亂環訣，並不是為了讓殺人兇手陳禹學習，而是為了也在一旁觀看的胡斐。

陶君平素為文，批評旁人並不客氣，既有點名，也有不點名，他的專欄文章頗受歡迎。《修理陶傑》刊行之後，少不免有讀者、記者跑去問陶君有何回應。

就筆者所知（消息來源包括直接去問陶君的讀者、記者，以及其他看熱鬧的知情人士），陶君給的第一版答案大意是：「由得朋友搵兩餐！」這句話用了廣府話的俗語詞，譯成白話，大概是：「任由朋友賺點吃飯錢吧！」然後，不知是誰人從「斷簡殘篇」中續成完整故事，互聯網上就開始找到「潘國森是陶傑的諍友」之類的說法。

陶君這個答案，筆者很能理解。筆者解說陶君的錯十之八九都是無可辯解的（這樣說是為了行文修詞和保險，其實一部書說他幾十個錯，任誰都很難找出三五個是筆者冤枉了陶君），以陶君的作風和文風，總不能承認自己出錯呀！認了錯的話，日後怎樣面對最忠實的讀者？後來有朋友告訴我，他一位至親是陶君最忠實的讀者，一看到《修理陶傑》這樣的書名，就斬釘截鐵地聲稱絕不會看。陶君要安撫最忠實讀者的情緒，故作大方不失為可行之法。

俗諺：「一之為甚，其可再乎？」下一年筆者又刊行了《Critique On 陶傑》，前一作批其中國語文、中國文史有錯；此一作論其英國語文、歐洲文史多誤。難免又有人不知情識趣，再去請陶君回應一下。

大抵此後陶君就換了一個新的「官方答案」，大概是「此人如何如何，借批評名人博上位，這種人完全不必理會」之類的話。

再下來，互聯網上又再有人按陶君這番不夠講完一個小故事的材料，鋪演成新的版本，甚至列出一張清單，以為囊括了被潘國森著書點名批評過的所有「名人」。

其實這張名單還差得遠呢！而且當中有些先生還不算很有名！

這個「批評名人博上位」的論調有很大的漏洞，何謂

「上位」？批評了，就可以「取而代之」嗎？筆者只是一介儒生，「君子思不出其位」，批評他人的錯，是純學術求真，這「上位論」未免門縫裡看人，將人看得太扁。

誰算是「名人」？

誰名、誰不名，誰比較名，不同的圈子裡有不同的評價。實情是，筆者頻年以來，批評其發表的文字錯處，批評得最多的真正名人，是著名小說家查良鏞先生（筆名金庸，筆者近年戲稱之為「小查詩人」）。

對不起，你們各位「名」得過金庸嗎？

陶君第一個說法，裝成好像為「朋友」而「吃啞巴虧」。

陶君第二個說法，裝成好像不屑回應。

他要掩飾的，無非是「無可辯解」四個字而已。

如果再要評價陶君的文風，可以概括為陰損與鬼祟。本書提及陶君以暗算手法對付林沛理先生一文，於此可見一斑。

曾有讀者在知道筆者跟陶君沒有甚麼交情可言之後，胸膛拍得老響的說要幫筆者澄清，當時立即婉拒了。

如此讓了陶君超逾十年，也就夠了。這段由書本上結下的因緣，仍該借書本了結。現在將雜文結集，正好澄清「江湖上」的不實傳聞，

最後結案陳詞，潘國森與陶傑先生的全部交集，共是

一次茶聚、交談不夠十句話；兩部筆者的專著，再加陶君對筆者一些「失實陳述」（misrepresentation），如此而已！至於陶君過去在人前人後，還有沒有說過潘國森些什麼壞話，也就無庸深究了。

潘國森

二零一五年十月

應付語文教育的「去文學化」

曾經聽過前輩反對在基礎教育將「文史分家」，即是國文教育、國史教育不可分割。後來又聽說反對「語文、文學分家」，在我求學時期，香港的中學課程裡面，中國語文和中國文學已經是兩個不同的科目。中國語文是必修科，中國文學則是選修科。前者在中學會考的考核範圍較廣，除了對範文讀本的鑑賞和理解，還有作文、閱讀理解、語文運用等考題。後者則以範文讀本內容為主。初期兩個科目的範文讀本仍有重疊，後來就徹底分家。

台灣在世紀之交政局出現前所未有的劇變，新政府推出「去中國化」的教育政策，國史、國文的課程都有翻天覆地的改動。國史用台獨史觀的斷代，扭曲學生的民族認同；語文教育則大幅加入現代文學，與及台灣鄉土文學。

香港近年亦進行教育改革，中國語文變得更徹底。其改革路向似有走上「去中國化」之嫌，而且步伐比台灣剛下台的「去中國化」政府跨得更大步，走得更遠。取消沿用已久的範文讀本課程。考試形式也動了大手術來配合。不再要求考核經典範文，等於變相要學生不再學習古詩古文。作文擬題又叫人難以捉摸，評分準則亦模糊。語文運用的考核，又挑冷門的題材，閱讀理解更有部份移用外國英語考試的邏輯分析命題。全都是前線老師不能完全認同和接受的。反觀中國大陸的語文科教材的變動，卻走一條與香港南轅北轍的路，近年加重古文的比率，這對文化承傳很有幫助。

學生可以怎樣提高寫作能力是一個常見的問題，標準的答案不受時空限制，總是歸納為：多讀優秀作品，多背誦韻文，多嘗試寫作等等，幾個方法一環緊扣一環。語文教育、文學教育的功能當然不限於加強學生的溝通能力。文學是以語言文字表達的藝術形式，用以表達作者的思想和情緒；或寫實記載作者身邊的人和事；也可以完全出於想像和虛構，用以抒發感情。因此，文學作品實在是人與人之間交流的橋梁，歷史文化傳承的重要工具，可以反映時代和社會面貌。或許正因為這些原因，前輩反對語文與文學分家，反對文史分家。

語文教育的「去中國化」步伐已經走出頭幾步，要重納正軌不是即時可以做到，需要社會大眾的關注和努力，令教育當局回心轉意。在這個青黃不接的時候，唯有民間多盡點力，為社會保留一點一滴熱愛文學的風氣。

潘按：本文在《百家文學雜誌》二零零九年十二月號發表。

嚴肅文學「對不起」通俗文學

文學的雅俗之分，似乎是一個長年累月爭論不休的話題。單言雅對俗，從字面來看，理當是雅勝於俗。所謂「雅俗共賞」，乃是指作品能切合一般人的閱讀需要，雅士和俗人都欣賞，都讀得高興。不過共賞亦有程度之別，先是雅俗的比例，是五五開、七雅三俗、九俗一雅、雅多俗少、稍偏俗？再有雅俗的程度，雅有幾雅，俗有幾俗？甚雅？稍俗？雖然不容易拿一把尺來量度，但是總該有個粗略的估計，不宜單純以雅俗作兩極二分。畢竟不可能雅者全雅、俗者全俗。

有人認為俗文學就是「民間文學」、「大眾文學」，淺白而緊貼社會大眾的水平，於是能夠流行於民間。舊時代一般以歌曲、小說、戲劇和唱詞等為「俗文學」。有別於魏文帝曹丕《典論論文》所說的文章：「蓋文章，經國之大業，不朽之盛事，年壽有時而盡，榮樂止乎其身，二者必至之常期，未若文章之無窮也。」過去與這些俗文學相對的是「貴族文學」、「廟堂文學」，作者和對象讀者都是讀書識字的達官貴人，至不濟也是祖上書香世代的破落戶。舊日文人雅士若不從事「俗文學」的創作，當有其他出路，拍皇帝馬屁的可以歌功頌德；對國是不滿的可以上書進諫、議論時政，「下以風刺上」；或者友儕雅集、風花雪月，寄情聲色；大家沒有功夫去生通俗文學的氣。近世中國的政治體制、社會環境大異古代，教育普及，窮人也可以自學國文國語，再無所謂「貴族」和「廟堂」。而到今天仍然能夠「不朽」和「無窮」的文學作品，似乎還是偏於俗的詩歌較多、偏於雅的經國文章較少。

又有所謂「通俗文學」的說法。「雲對雨、雪對風，白板對紅中」，「雅文學」與「通俗文學」二者「長短不一」，不宜同場較量。「雅士」對「俗人」，那麼應該請「what雅」文學上陣才合「江湖規矩」（此為文學世界之江湖）？

由俗變成通俗，已經找了最像樣的一個「俗人」。次一等是淺俗、凡俗、俚俗、庸俗、粗俗；再次的更是卑俗、鄙俗、低俗、傖俗。文雅、儒雅、風雅、爾雅用來形容真人多過死物，能夠出場的似乎只有典雅和高雅兩位「雅士」。事實上，確曾有人以「高雅文學」來與「通俗文學」對比。不過「肥對瘦、矮對高，饅頭對鬆糕」，「高雅」似乎對「低俗」比較合班輩。「典雅」和「通俗」打在一起才算公平。通俗即是修辭顯淺，好像中唐大詩人白居易作詩少用典故，力求「老嫗都解」，這是以通為主；滿篇引經據典，讀者胸中墨水少一點都解不通各個典故，頂多只能明其大概、難得要領，那就是以典為主。

當世有些作家與通俗文學仇深似海，似乎因為世上有了通俗文學，才害得他老人家不能出頭露臉，大作少人問津。但是他們似乎又不願意將自己的傑作歸類為「高雅文學」、「典雅文學」，難道自慚文字不甚高明，經典未夠嫻熟？竟然請來不相干的「嚴肅文學」出面做原告，指控「通俗文學」媚俗，令讀者看不到「嚴肅文學」的存在。

可惜嚴肅實在「對不起」通俗。何解？

嚴肅無非是作者寫作時的態度，嚴格而認真，不似一些通俗文學作者為稻粱謀，這跟廣大「盲目」讀者的閱讀興趣關係不大；通俗是讀者的實際感受，沒有怎樣上過學、識字不多的老太太都看得明白，就算通俗。通篇詩云子曰，老太太不知所云，就是不通俗。「不通俗」有可能是過「高」過「典」；亦有可能是作者自己語無倫次，盡是盲詞囈語，叫人摸不著頭腦；但是作品「不通俗」通常不是因為作者「嚴肅」。

這個「嚴肅」只是作者生產貨品時的工作態度，行文和修辭卻是可雅可俗，最後的成品可以是「典雅的嚴肅文學」、「通俗的嚴肅文學」，或者「雅俗共賞的嚴肅文學」，甚至「誰都看不懂的嚴肅文學」。「嚴肅文學」的真正對頭人，無以名之，在此可杜撰一個「輕佻文學」。

怎樣才算輕佻？王國維《人間詞話刪稿》有一則：

故艷詞可作，唯萬不可作儇薄語。龔定庵詩云：「偶賦淩雲偶倦飛，偶然閑慕遂初衣。偶逢錦瑟佳人問，便說尋春為汝歸。」其人之涼薄無行，躍然紙墨間。

龔自珍一再說「偶」，隨隨便便、言不由衷，絕對不是以嚴肅的態度來寫這首詩，這個「便」字尤見不誠，所以王國維才會措詞如此嚴厲，說他「涼薄無行」，不過當然亦可能有人會喜歡這首詩，覺得詩人很瀟脫。雖然此詩絕不嚴肅，但也不通俗，「賦凌雲」是求功名，「倦飛」是意興闌珊，「閑慕遂初衣」是不想再在官場打滾，「錦瑟佳人」是風塵美女，「尋春」是到青樓訪艷，不可能「老嫗都解」。

淺見以為許多嚴肅文學作者纏夾不清，實在找錯了鬥爭對象，枉費氣力。將自己關在書齋內繼續「嚴肅」，終不是了局。如果一定要與「通俗文學」爭衡，可以考慮寫點「雅俗共賞」的作品。若是真的勢難兩立、不共戴天，唯有以「高雅」、「典雅」破「通俗」，別無他法也。

潘按：本文在《百家文學雜誌》二零一零年二月號發表。

未能讀《蜀山》

(一)

數十年前，香港市面上流通的《蜀山劍俠傳》是印成數十部薄薄小冊的版本，文字排得密密麻麻，很難提得起翻閱的興趣。七十年代無線電視在官方刊物連載還珠樓主的短篇《柳湖俠隱》，因而經常聽到這部小說的名字。到了第一次想看看還珠樓主的作品，存心取易捨難，便挑選篇幅最短的《柳湖俠隱》，該是葉洪生先生點校的版本，共是兩部袋裝小書。

讀了稍稍超過一半之後便放棄，看不下去的原因是覺得太悶。書中的人物情節都忘記得乾乾淨淨，現在回想，覺得悶肯定是受了金庸小說的影響。首先，《柳湖俠隱》打鬥場面少得出奇，令人想到七十年代瘋魔香港觀眾的台灣武俠電視劇《保鑣》，據說當年監管電視的部門限制打鬥場面的時間，所以劇中人總是說話的多、動手的少，經常是兩造劍拔弩張之際，一方忽然說「咪住」，便又繼續只說不打，成為「佳話」。「咪住」是廣府話口語，一般用作要求人家暫停行動，電視臺將《保鑣》配成粵語對白，於是「咪住」就成為這齣電視劇給香港觀眾的集體回憶。《柳湖俠隱》就是多說話、少動手，我們這一代是先知道有金庸、梁羽生一類的武俠小說，然後才知道還珠樓主是影響他們創作的前輩。因為先入為主，覺得武俠小說的打鬥場面應該像金梁作品一般多才像樣，既有了這個想法，《柳湖俠隱》自然很難合格。其次是書中人物的對白很悶，每次有人說話，總是長篇大論數百字以上，連十來歲年青人的語氣也是全都老氣橫秋，便覺得像真度較低。而第三個大大不滿之處，是作者將故事主人翁隱居之地描繪成一個使用現代西方民主制度的小社會，雖然作者有他的寫作意圖，但總覺得跟「武俠小說」格格不入。

後來才知道《柳湖俠隱》算不上是還珠的佳作。踏入二〇一〇年，花了點時間試讀《蜀山劍俠傳》，按網上的版本，全書共三百零九回，看不到一百回便放棄，還不足三分之一。沒有從頭到尾看完一本書，原本不應該妄加月旦。所以，在此只能談談我為甚麼未能讀完《蜀山》。

(二)

我當然要承認對武俠小說的理解絕對受金庸、甚或梁羽生的影響。雖然金、梁等人的小說深受還珠樓主的作品影響，但是《蜀山劍俠傳》的性質似乎跟日後的所謂「新派武俠小說」有很大的差異。倪匡先生《天下第一奇書》一文稱《蜀山劍俠傳》為「武俠神怪小說」，我常想會不會因為我們這一輩年未滿六十的香港人所受的教育跟前輩不一樣，因而較不能接受《蜀山》的神怪部份？

七十年代，倪匡先生曾經將《蜀山劍俠傳》增刪點評出版，題為《紫青雙劍錄》，很客觀的指出原著的一大毛病：

……在原著中，每一件事發生之前，例必由當事人的師長，或是前輩人物、向當事人作一番指示，指示十分詳細，對事件的始末以及結果，全包括在內，然後，再生事件，一切全照預算進行。原作者的這種安排，對於驚險緊張的效果，全不顧及，任何重大事件，皆早已洞悉前因後果，看來還會有甚麼趣味？……許多重大鬥法場面，往往從正派、反派兩面的角度，作兩次重複的描述——加上預先的指示，有時三次重覆之多……

當代人較為事忙，有很多逍遣娛樂的選擇，如上所述的問題簡直「致命」，而倪先生的努力仍然未能大幅提高比他年青一兩代的讀者對《蜀山》的興趣。老一輩喜歡《蜀山》的讀者通常會讚美作者的想像力，但是如我這個年紀的後輩可能更重視「武」，即是打鬥的描述。《蜀山》的武打場面雖然也有「人間」的技擊，但是主要是「世外」的法術，卻打得不夠精彩。倪匡先生指出：

「峨眉三次鬥劍」，在原著中屢次提及，一定是原作者結束全書的安排，但是原作者信筆天河，越寫越廣，照原著看來，峨眉第二代弟子，甚至第三代弟子法力越來越高，又個個仙根仙骨，奇珍異寶，萬邪不侵，在那樣情形下，三次鬥劍還有甚麼鬥頭？根本正邪雙方不必動手，已經勝負立判了！

我只讀了三分之一的《蜀山》，只能說這部份的「鬥劍」描寫總是強弱懸殊，有點千篇一律的感覺，而且大大小小的比試差不多每一次都是正派將邪派徹底玩弄於股掌之上。梁羽生可以說繼承了這個「毛病」，他筆下的正派第一高手總是比邪派第一高手強得多；金庸筆下人物的正邪沒有僵硬的二分，雖然正面人物一般會得到最後勝利，但是反面人物也經常一度得佔上風。

《蜀山》中的世界，常不在人間而在世外，主人翁的配劍不是鋒銳的死物，法寶的名堂極多，想像力當然很豐富，但我未能接受這個程度的「神怪」，所以越讀越感沉悶。這或許是我這個讀者跟作者不投緣吧。

（三）

據說金庸曾經試圖請學術界的頭面人物品評自己的小說，以抗衡早年面對的一些批評。文學批評家陳世驤教授是極其重要的一人，可惜他在七十年代初急病逝世，只留下兩通書信，給收錄在《天龍八部》之後。陳氏評金庸為：「今世猶只見一人而已。」所謂今世，會不會也包括還珠樓主在內？

陳書復有言：

談及鑒賞，亦借先賢論元劇之名言立意，即王靜安先生所謂「一言以蔽之日，有意境而已。」於意境王先生復定其義曰，「寫情則沁人心脾，景則在人耳目，述事則如出其口。」此語非泛泛，宜與其他任何小說比而驗之，即傳統名作亦非常見，而見於武俠中為尤難。蓋武俠中情、景、述事必以離奇為本，能不使之濫易，而復能沁心在目，如出其口，非才遠識博而意高超者不辨矣。藝術天才，在不斷克服文類與材料之困難，金庸小說之大成，此予所以折服也。意境有而復能深且高大，則惟須讀者自身才學修養，始能隨而見之。

陳氏引王國維所議，以情、景和述事來品評金庸，在此也借來談談我對三分一部《蜀山》的讀後感。

我想我不得不用「千人一面」來形容還珠樓主筆下的人物，三分一部《蜀山》出現的人物眾多，作者對人物性情著墨卻少，反派人物更多只是一個「符號」，在大決鬥前出場，供峨眉劍俠一刀兩斷之用，倒似電影中的沒有面目的「咖喱啡」（港式粵語的特約演員）。而峨眉派的少年劍俠大多輕躁、易怒、好勝，經常不聽師長、前輩的指示，但每次違紀闖禍都能化險為夷，又有點「千部一腔」了。我認為頭三分一部《蜀山》寫情之處，離「沁人心脾」稍遠。

「景則在人耳目」這一項，顯然是《蜀山》的絕大優點。

「述事」可以分兩個層面來講。還珠樓主的文筆或許未盡合年青一代的口味，但無可否認屬於上乘，一般述事自然難不到他。但是作者以全知第三者角度的述事，則有倪匡先生指出一事兩寫、甚或三寫的毛病，這屬於小說結構的問題。其次是書中人物的述事，即是一般補述往事的對白。人物的對白就過不了「如出其口」的一關，仍是我說《柳湖俠隱》的毛病，人物不論男女老幼，都是差不多同一個腔調。若拿金庸來比較，則金庸借鑑了前輩作家的經驗，真的做到「如出其口」。所以在金庸的筆下，文士如段譽則出口成文，高僧則引述經論，木訥如郭靖、機變如黃蓉、不通世務如周伯通、桃谷六仙，智力低下如傻姑、歸鍾等都各有特色。這三分一部《蜀山》在「述事如出其口」一項就未能達標。

(四)

還珠小說的一些毛病,源於寫作條件的局限,因受政治環境影響而被逼封筆,既未能續完一整部《蜀山》,自更遑論任何修飾原作的餘裕。據說還珠樓主還因早年目力受損,在寫作後期只能口述而由助手筆錄,於是影響到文字的標點和段落。這都是作者的不幸。

四十年代末徐國禎先生《還珠樓主論》的結論有云:

第一,他的神怪小說,即使以後衰落,而曾經有過一個不脛而走的盛況——像現在這麼的一個時期,是無可否認的事實。第二,他的神怪小說,在中國神怪小說史上,開創了一條新路,這條路,據我個人所見,以前未曾有人走過。他把近時的物理,融化入於他的玄想之中,構成作品的特殊風格,和前人與近人所著的神怪小說絕然不同。

中國文學史上出現過許多偉大的作家,有些作品只能風行一時,亦有流傳一代,甚或傳世不朽。「三都賦成,洛陽紙貴」,今天有幾許中國讀書人讀過左思的《三都賦》?讀過的又有幾多人喜歡?若依傳統以三十年為一代,還珠樓主的作品出世已近三代,顯然已經步向衰落,兩代以前的盛況不再。其實不單止還珠步向衰落,風行近兩代的《金庸》亦似後勁不繼,現在大中華圈越來越多中小學生連相對淺白而情節吸引的《金庸》也提不起興趣。

雖然曾經努力嘗試，還是：未能讀《蜀山》。

潘按：本文在《百家文學雜誌》二零一零年六月號發表。

愛惜明珠的兩種態度

羅詞語無倫次

早前聽說羅大佑作曲、填詞、主唱的《東方之珠》是香港卡拉OK的熱門歌曲，重新細聽，覺得旋律昏昏沉沉，歌詞則語無倫次。其詞曰：

（一）小河彎彎、向南流，流到香江去看一看。東方之珠，我的愛人，你的風采是否浪漫依然。

（二）月兒彎彎的海港，夜色深深，燈火閃亮。東方之珠，整夜未眠。守著滄海桑田變幻的諾言。

（三）讓海風吹拂了五千年，每一滴淚珠彷彿都說出你的尊嚴。讓海潮伴我來保佑你，請別忘記我永遠不變黃色的臉。

（四）船兒彎彎，入海港。回頭望望，滄海茫茫。東方之珠，擁抱著我。讓我溫暖你那蒼涼的胸膛。

此曲用美國流行曲的AABA標準曲式，一、二、四段旋律基本相同，第三段則有變化。四段唱完，再唱三、四兩段，然後重覆「海潮伴我來保佑你，請別忘記我永遠不變黃色的臉」作結。

現代人用普通話填詞，當然不必死守平水韻，依普通話讀音亦可。按其格式，最起碼第一段的看、然；第二段的亮、言；第三段的嚴、臉；第四段的茫、膛都該押韻。現在看、然、言、嚴、臉都諧音，亮則格格不入。茫、膛則可視之為轉韻。

但是詞意就一塌胡塗。

第一段歌者以東方之珠為愛人，已覺突兀。第二段向壁虛構的「諾言」更無歷史、文化、民俗的來源和根據，直叫土生土長、或以香港為家的人都聽得一頭霧水、不知所云。第三段說要與海潮一起保佑明珠，更礙耳到極，歌者是神、山、鬼、怪，還是死人？憑甚麼保佑東方之珠？一片福地佑護她的居民可以說得通，可以揚言與海潮攜手，難道你有天后娘娘的本事？這樣未免自我膨脹過甚了些。海風吹拂此間何止五千年？但這個你，即是東方之珠還未出世，甚麼淚珠、甚麼尊嚴又可以從何說起？第四段說東方之珠有「蒼涼的胸膛」更是不知所謂。這個第一身的我，雖有黃色的臉，但究竟是一個人、一條船、還是千百年來吹拂香江地區的風？有甚麼能耐可以溫暖愛人那蒼涼的胸膛？

鄭句恭敬平實

鄭國江曾為此曲譜上粵詞，由關正傑主唱，流行度遠不及原作，但曲詞卻謙恭得多。其詞曰：

（一）回望過去，滄桑百年。有過幾多，淒風苦雨天。東方之珠，熬過鍛煉。遨過苦困，遍歷多少變遷。

（二）沉著應變，苦中有甜。笑聲哭聲，響於耳邊。東方之珠，贏過讚羨。贏過一串暗淡艱苦的挑戰。

（三）無言地幹，新績創不斷。無盡的勇氣、無窮的鬥志，永存不變。繁榮共創，刻苦永不倦。龍裔的貢獻、能傳得更遠，光輝一片。

（四）迎面更有，千千百年。這小海島，新績再展。東方之珠，誰也讚羨。猶似加上美麗璀璨的冠冕。

唱法與原作相近，四段之後，重唱三、四段，再重覆「龍裔的貢獻、能傳得更遠，光輝一片」作結。

粵方言比華北方言（以北京話為骨幹的普通話是其中一支）保留更多古代漢語的語音和詞匯，粵籍文人下筆總是多帶有兼文兼白的風味，不似一部份以普通話為母語的外省人那樣過份排斥古代漢語，以至一無典雅。鄭國江那一輩的粵語時代曲填詞人，青一色都受過粵曲的滋養，用韻基本上都保留粵曲平仄混用的傳統，此詞編排亦可以見到《詩經》四言詩的遺風。與羅詞一比，高下立判。此詞按音樂旋律，在第一段年、天、鍊、遷；第二段甜、邊、羨、戰；第三段斷、變、倦、片；第四段年、展、羨、冕都該押韻。鄭詞用粵曲的「田邊韻」（韻母為in）為主，而甜字屬「添奩韻」（韻母為im），斷字、倦字則屬「圓圈韻」（韻母為yun），這兩韻都與「田邊韻」通用。

粵人聽粵曲，即使不通音律聲韻，都可以感受到當中優美和諧的音樂感，這樣按照詩律詞律而簡潔有力的行文，才算得上叫「填詞」。不是近年香港流行樂壇一些詞人，但求一字一音的生硬堆砌。更重要的其實是詞意，鄭詞只是用一種恭敬的情意，平實地表揚了前輩港人在甜、苦、哭、笑之中，為個人、家庭和社會造出的貢獻。香港地區有人類足跡，可以追溯到史前時期，但是東方之珠只得百年滄桑，所以說鄭詞平實而羅詞虛浮。

這個粵語版的《東方之珠》不及原作風行，是否意味著我們的社會已經變得崇尚矯情誇張、妄自居功？不願意聆聽不事虛浮的實話？兩位詞人表達愛惜東方之珠的情意，代表兩種截然不同的態度，嘴嚼回味，真有天淵之別。

潘按：本文在《百家文學雜誌》二零一零年八月號發表。原文曾張冠李戴，誤將侯德建作曲的《龍的傳人》錯誤算在羅大佑頭上，現將相關內容刪去。

滬港雙城記夜遊

夜上海一語成讖

許多年前偶在電台音樂節目聽到森森的《夜香港》，旋律用周璇名曲《夜上海》而另譜粵詞。此新歌編曲轉為輕快，歌詞和演唱都活潑開朗，不似原作散發出那種意懶心慵的暮氣。可惜當年驚鴻一瞥，來不及記住曲詞，腦海裡就只剩下：「雲海星嶺」和「夜香港，不夜城，東方之珠有盛名」等語。

YouTube真是偉大的發明，在這個資源共享的網站，網民可以跟多年尋尋覓覓的「心頭好」重逢，經常見到網民留言，說感謝將影音片段上傳的網友，助他再會找了幾十年的「舊愛」。筆者從來沒有很刻意去找這首《夜香港》，但對那份喜悅之情還算有少許理解。

《夜上海》是一九四六年電影《長相思》的插曲，陳歌辛作曲，范煙橋填詞。旋律採用美國流行音樂的AABA標準曲式，即一、二、四段相同，第三段則不一樣。其詞曰：

（一）夜上海，夜上海，你是個不夜城。華燈起，樂聲響，歌舞昇平。

（二）只見她，笑臉迎，誰知她內心苦悶。夜生活，都為了，衣食住行。

（三）酒不醉人人自醉，胡天胡帝蹉跎了青春。曉色朦朧，倦眼惺忪，大家歸去，心靈兒隨著轉動的車輪。

（四）換一換，新天地，別有一個新環境。回味著，夜生活，如夢初醒。

國語時代曲的曲詞，由風格到遣詞用字都似新詩多過傳統韻文，但是詩歌不能不押韻，所以早期的作品仍有點講究。如第一段的城、平押「庚韻」，第三段的春、輪押「真韻」，第四段的境、醒雖然在「平水韻」屬不同韻部，但普通話都是ing聲母。可惜第二段的悶（men）與行（xing）則不押韻，是個瑕疵。

秦觀有一首《水龍吟》，開頭兩句是：「小樓連苑橫空，下窺繡轂雕鞍驟。」蘇軾笑他：「十三字只說得一個人騎馬樓前過。」如果再要挑剔，則「夜上海，夜上海，你是個不夜城」，也可以說是「十二個字只說得上海城不夜」。當然那是宋詞和二十世紀以後新詩的重大差別，古人惜墨如金，不肯多作冗詞贅句，否則會見笑於詩友；現代人較多追求「我手寫我口」，講話既不求簡潔，下筆便要閒現「廢話」。

詞意是夜總會裡陪酒伴舞貨腰女郎的心聲，為了生計而笑臉迎人，但是燈、樂、歌、舞與酒，都不是這個她的心中所喜。這種歌舞昇平的夜生活之所以難熬，在於她並不享受而要陪客到通宵達旦。不過既是帶著惺忪倦眼歸家去，則精神亦當在半睡半醒的狀態，怕會隨不上車輪轉動吧。

詞人渴望轉換環境，但是中華人民共和國成立後的新天地又是否詞人追求的理想？不久的日後舞不能再跳，可算是一語成讖！上海受政策所累，原地踏步數十載，香港則時來運到，成為赤縣神州南大門外一座新的不夜城。

不夜城明天更光輝

森森主唱的《夜香港》灌錄於一九七四年，此時「金嗓子」周璇已物化十多年。填詞人是粵劇編劇家蘇翁，其詞曰：

（一）夜香港，不夜城，燈飾繽紛夜夜明。搖曳不定，雲海星嶺。

（二）夜香港，歡樂城，笙歌歡聲夜未停，遙聽著海與浪，潮聲呼應。

（三）碧波千里月如鏡，浮星逐浪猶如是流螢。曉風吹過霧雲散，晨曦照耀，猶如為你衷心熱烈歡迎。

（四）夜香港，不夜城，東方之珠有盛名。回味歡樂，良宵高興。

森森的唱功未臻上乘，但當年芳華正茂、青春嬌美，用輕鬆愉快的情緒演唱，頗能配合詞意。原詞百分之百從一個尋芳客的視角去看東方之珠，跟有「社會批判」味道的《夜上海》大異其趣。這又可能預示香港紙醉金迷的夜生活方興未艾，難怪八十年代北大人對香港生活方式不變的承諾，就赫然有「舞照跳」一項，不必如昔日「夜上海」那樣，遇上變換新環境的巨力震蕩。至於大家都料想不到香港的「舞業」最終給芳鄰打跨而式微，則是後話。

尋芳客耳中眼裡都是歡樂，天上星星和浮雲都配合人間晚燈，構成夜香港的美麗景色；維多利亞港的海水也來贈與，跟舞池畔的夜夜笙歌呼應。豪客揮金如土，躊躇滿志，連明月也顯得分外明淨，光亮如鏡。由明月在天到晨曦初現，中間有好幾個小時，良宵的歡樂，當然不會限於歌舞昇平吧！為甚麼值得回味再三？那箇中的歡樂，就盡在不言中了。

尋芳客或許不知道、也未必會理會那個「她」的笑容和歡聲都是裝出來的，他熬了一個通宵，不單止未見惺忪倦眼，精神反而更覺健旺。同是一破曉，滬上舞小姐只見曉色矇矓，香江尋芳客卻感到曉風送爽，吹散了擾人的雲霧。早上的陽光還會跟你打招呼，人生得意，那麼今天肯定是美好光輝的日子！

粵曲的用韻，入聲字自成一格，其餘平上去聲可以混用，通常一首曲要求一韻到底。詞人在此用「英明韻」（韻母為ing），當中押韻的城、明、停、螢、迎、名是陽平聲，嶺是陽上聲，應、興是陰去聲，定是陽去聲。粵曲小調填詞，韻腳一般都是這樣緊湊，《夜香港》的韻律感比起《夜上海》自然強得多，詞藻亦更華美，前者如宋詞，後者似新詩。不過《夜香港》雖有佳句，意境則不免庸常了些。

流行的詩詞戲曲每每能反映社會的升降浮沉，滬女回味夜生活的感受是如夢初醒，這當然不是美夢而是噩夢；港男卻只有歡樂和高興。上海一九四六，正值中日戰爭剛結束不久，但時局仍見動蕩，人心思變，對十里洋場的一片昇平假象殊無好感。香江一九七四，則借深圳一河之隔，英國米字一旗之蔭，可以長時間置身於北地無休止的運動和鬥爭之外。雖然剛經歷七三股災，但是港人對前景仍然相當樂觀，是否在預示仍有多年好運可行？

光變成害

一九八九年，陳松伶有一首粵詞的《夜上海》，填詞人是楊紹鴻，其詞曰：

（一）人著迷、痴迷，燈光酒色樣樣齊。華燈起，多趣味，像齣影戲。

（二）誰是誰，只伴隨，她的心中暗淚垂。人已累，想跌墜，內心粉碎。

（三）酒不沾到亦陶醉，沉於煙花，迷亂又怨誰。燈色昏暗，朦朧帶醉，人生苦笑仍然是學那轉動車輪。

（四）換一個，新樂園，要享美景大自然。懷緬著，璀燦夜，往著景況。

這是一齣電視劇的主題曲，說周璇生平故事，詞意只是按范煙橋舊作再發揮，亦無多大新意。用韻主要是粵曲的「追隨韻」（韻母是oei），隨、垂、碎、誰等都屬此韻，齊屬「雞啼韻」、戲屬「曦微韻」，都可以通押，但是輪、然、況都屬不同韻部。這詞的用韻就顯得虎頭蛇尾，此後不久香港流行樂壇的粵語時代曲，便陸續由不顧用韻的曲詞當道，市場的口碑和票房都日走下坡。

夜上海換了新環境，夜香港又何嘗不是如此？終日回味過去未必有益，時代的巨輪終究不可抗拒。港人、治港港人有是否越來越多虎頭蛇尾之舉？滬港兩個不夜城將是甚麼樣的競爭and/or互補的關係？「笙歌歡聲」漸竭，「燈飾繽紛」仍在，前頭又是甚麼樣的景色？二〇一〇年五月美國天文雜誌Sky & Telescope以夜香港為封面，標題卻是「帶回夜晚」（Bring Back the NIGHT），這光不是當年的「浮星逐浪」，卻是傷天害物的刺眼光污染。這樣的夜香港，會不會叫舊日的東方之珠變成光污染之都？不止香江應引以為鑑，滬上亦當警惕。

潘按：本文在《百家文學雜誌》二零一零年十月號發表。

兩文三語藍探戈

良緣愁天妒

常聽人說：「當你再不能接受時下最受歡迎的流行曲，這就表示你已經老了！」按這個現代都市智慧，早在二十多年前我已不再年青。今天到互聯網上聽經典老歌金曲不費分文，音色雖不及原裝光碟，但反正我的聽覺不算特別靈敏，網上短片已夠受用。超過五十年前的作品該不受版權限制，三四十年前舊歌則無甚商業效益，版權持有人自亦不會有時間心力去追究，上傳舊歌的網友雖然有侵犯版權之實，卻另有勾沉優質文化之功。

最近才初次聽到呂紅的舊曲，她是國樂大師呂文成的千金，唱過不少拿乃父傑作譜詞的粵語流行曲。呂大師的作品小時候聽過不少，但從不知大師對廣東音樂的偉大貢獻。香港流行樂壇該是在五十年代起飛，因為中國政局丕變，不少舊上海歌后級的唱家移師香江。那個年頭亦時興拿外國歌曲配上中詞，近日聽到一首《藍色的探戈》，原曲是美國著名輕音樂作曲家Leroy Anderson在1951年的作品Blue Tango，呂紅演唱的版本由凌龍填粵語詞：

（一）華堂銀輝吐，瑤池群起舞。人兒陶醉樂，絃奏弄藍色美麗Tango。

（二）融融情低訴，團團如飛舞。迴旋如翠蝶，相愛盡情樂不返顧。

（三）情郎懷擁抱，悠然忘苦惱。聽動人藍色探戈，有畫中詩意如愛似慕，撩亂肺腑。

（四）良辰難得到，良緣愁天妒。快步循藍色探戈，唱戀歌輕踏快樂途。

原曲屬於有濃厚拉丁風情的探戈音樂，旋律輕快跳脫，基本上採用AABA的曲式，並重奏一次，粵詞亦一字不易重唱一次，是那個年代常見的格式。此詞優美典雅，彰顯新時代淑女的端凝，加上粵曲用韻緊湊，很能配合原曲的節奏。這是大約五十年前的舊作，我說是新時代，實指一個遠離舊社會風俗、容許自由戀愛的新時代。

探戈舞特式之一是男女雙方身體接觸比較親密，面部卻要保持嚴肅，粵詞的感情亦甚內蘊。少女與情郎共舞，芳心既喜且亂，對終生幸福有一絲絲遠慮式的擔憂，最精采的佳句是「良辰難得到，良緣愁天妒」。這位熱戀中的俏佳人，頭腦可清醒得很！

詞人用粵曲的「勞高韻」，第一段的吐、舞、Tango；第二段的訴、舞。第三段的抱、惱、慕；第四段的到、妒、途等句腳都押此韻。第二段的「顧」似乎亦該押韻，第三段的「腑」則存疑，但二字屬「扶孤」韻，不能跟「勞高」韻通押。另一美中不足，則是「如愛似慕」一語唱出來的效果似是「如哀似慕」，即使呂紅這樣優秀的唱家亦不能挽救。

粵韻格調高

這首Blue Tango在香港還出現過「國語版」，但不知跟粵版孰先孰後。

填詞人是司徒明（據云即是南來文人馮鳳三），演唱的則是有「中國歌后」美譽的張露。論名氣，當然張勝於呂，畢竟當年國語流行曲在香港的地位，非粵語流行曲可比，呂紅只是「南國之鶯」，黃霑則譽之為「粵語流行曲公主」；論曲藝各有千秋，二人演唱風格不同，亦難比較。

歌詞是：

（一）這裡我和你，相擁起舞步。輕把離情訴，聽音樂正奏出藍Tango。

（二）旋律多輕快，節奏多浪漫。今夜狂舞陶醉，我們永不忘懷。

（三）吻著你紅唇，我心更陶醉。你聽那藍色的Tango，也在祝福我倆的愛，美滿的愛。

（四）良辰去不再，花好不常開。但願那藍色的Tango，引導我倆永相愛。

倒不是我「地方主義」作祟，此曲的粵語詞實比國語詞優勝，這跟我喜歡兼文兼白的典雅廣府話甚於國語的白話文有關，而那一代的詞家仍然恪守粵曲用韻的家法。國語版用韻則不講究，而我呀、你呀的，亦嫌過多。

第二段「節奏多浪漫」稍有語病，似乎掉換形容詞為「節奏多輕快，旋律多浪漫」更佳。「狂舞」的狂字則略過火，需知「藍色」在英語文化中經常解作「憂鬱」。粵語版有「撩亂肺腑」，即有「方寸微blue」的意態。

兩相比較，國語版的修辭遠不及粵語版那麼「經濟」，兩家都有寫音樂，但國語版於舞和景都未有著墨。藍色探戈可以「聽」，那是探戈音樂；亦可以「步循」，那是探戈舞；「迴旋如翠蝶」詠翩躚舞姿，聽眾腦海中或會浮現舞池中那美女滿場飛而令舞裙下襬迎風飄動的美態。國語版的內容便相對單調。

「華堂銀輝吐，瑤池群起舞」，以遠鏡廣角將跳舞的環境呈現聽眾眼前。玉堂華麗，銀燭煒煌，瑤池仙境，聚舞同歡。而「這裡我和你，相擁起舞步」十個字只說得「二人共舞」。文風差異如此之大，深層的原因恐怕是粵方言到了今天仍然保留書面語和口語適度分家的舊規，現代北方方言則在往「我口寫我手」的路上走得太遠。

「吻著你紅唇」一句亦未佳，究竟男女之間是誰吻誰？當然，於舞會度漫漫長夜，當不只跳一隻舞，亦不會只跳探戈，中間總擠得出一點親親嘴的餘裕。

「良辰去不再，花好不常開」兩度言不，則說得太死。遠不及「良辰難得到，良緣愁天妒」的細膩。雖是「難」，亦有機會再得；「愁」，只反映中國人傳統惜福的微妙心理，深信世事不宜過於順遂，樂不可極，很有居安思危的遠見。國語版乞靈於藍探戈引導這段愛情，過於被動；粵語版則是帶有自信的「輕踏快樂途」，自己的將來要自己把握、自己闖，借用近年流行的熟語，對這一段感情還是「審慎地樂觀」。這些修辭上的差異，反映兩位詞家不同的意趣。

粵語版是否較晚出？果如是，則後來居上、格調更高，亦屬理所當然。

英詞嫌單薄

原曲面世後第二年，便有Mitchell Parish填的英詞：

Here I am with you, in a world of blue,
While we're dancing to the tango we loved when first we met.
While the music plays, I recall the days,
When our love was a turn that we couldn't soon forget.
As I kiss your cheek, we don't have to speak,

The violins like a choir express the desire, We used to know, not long ago.

So just hold me tight, in your arms tonight,
And the blue tango will be our memory of love.

當中you與blue押韻，plays與days，met與forget，cheek與speak、tight與tonight等亦各自押韻。試用五言句翻譯如下：

此間你為伴，相聚碧藍疆。起舞探戈步，一見愛火煬。
悠揚絃樂響，記取舊辰光。真情倏忽轉，未敢驟相忘。
親吻卿桃腮，無語夢魂縈。前緣去未遠，寄意梵啞鈴。
交臂雙擁抱，良夜兩心傾。幾度藍探戈，長懷往昔情。

「梵啞鈴」即是小提琴，violin的音譯，現已過時罕用。受原作限制，只能堆砌出這樣的貨色，朋友說「詩意有重覆，少了含蓄之美」，以此評英文原詞，亦甚公允，不及粵語版甚遠。國語版的「吻著你紅唇」很可能受原詞「I kiss your cheek」影響。三詞比較，英詞的「信息含量」最單薄，第一段其實只說得：「我倆在藍色世界共舞探戈，一見鍾情。」

全文詞意稍見曖昧，這是舊愛重逢？當年一別，又曾否各自嫁娶？要再續前緣？抑或只是老朋友一起回味少年浪蕩？

若是如此這般的有情無緣，倒是三詞中最為「藍色」。

廣音是正途

旋律既定，即使加配襯字也不能太多，音節總數亦不能增加太多。一曲三唱，正好作兩文三語的橫向比較。

英文單音節字少，複音節字多。假如音節總數相若，則英文的傳意效率遠遠追不上中文，forget便是雙音節字，粵語版可用「忘」字一個單音節詞。那些a、the、of等字都屬必需的浪費，用途和意義相近的虛詞贅語，在中文寫作裡面全屬可有可無。

中文一字一音，詞則有單音節詞和多音節詞之別，粵方言的書面語繼承古語較多，到了今天仍多用單音節詞；北方方言（北京話、國語、普通話）則已演化到雙音節詞佔優，而且多用代詞虛字。國語版「我」字五見，「的」字四見，「你」字三見。粵語版則全不用此三字，不言你我，而你我都在其中。省得的篇幅，可用來鋪排別的事、物、情、景。

如果說國語版有新詩的味道，則粵語版更具詩歌的神韻。字數雖相近，粵語版用了更多「詩歌的語言」，古典優雅得多。所以香港人用粵方言母語來學中文，肯定比用普通話更有效率（efficient）和效益（effective），尤其是古文（即文言文，另新興一叫法是「古代漢語」）和韻文（包括詩歌和辭賦）。這些嶺南文化該當繼承、保存和發揚的原因。

傾聆這「兩文三語藍探戈」，啟發思考，或可作為不同意在香港中小學厲行「普通話教中文」的佐證。

潘按：本文在《百家文學雜誌》二零一一年二月號發表。

香港書展，為何要展書？

俗販庸商辦書展

一年一度的「香港書展」又到，每年都要到此一遊，一方面是以作者身份跟讀者近距離接觸，另一方面是以讀者身份與文化界前輩交流。除此之外，對書展的感覺則如唐滌生《紫釵記》的一句戲文，即老儒生崔允明的口白謂：「絳台燈色年年如是，又何用再三觀賞？」

香港書展之毫無個性、漫無目的，實在可以問一句：「為何展書？」

有了香港書展，香港人的讀書風氣就可以更加興旺嗎？有了香港書展，香港的文化事業就可以更加發達嗎？

答案顯然是：「No!」

所謂書展，不論是fair，如法蘭克福書展（Frankfurt Book Fair）；還是exhibition，如台北國際書展（Taipei International Book Exhibition），其中一大任務都是促進國際出版品交流。香港貿易發展局（Trade Development Council）負責主辦每年主辦香港書展，局方這方面尚有少許「自知之明」，他們只辦「香港書展」，雖然香港號稱「國際大都會」，也不敢升格為「香港國際書展」。

法蘭克福書展以版權交易為主，公眾參觀為附，參觀總人次約三十萬。我們卻有九十多萬人次，看來很快突破百萬大關，這似乎也是香港書展唯一可以標榜的「成績」。

人家的國際書展由出版界主催。法蘭克福那邊是German Publisher and Booksellers Association（可譯為德國出版商及書商聯會）的附屬公司承辦。台北則有一個台北書展基金會，由出版界組成「法人財團」，三任董事長都是出版界翹楚，先後包括郝明義、林載爵和王榮文。

出版界承辦書展有甚麼好？書展的主要受惠機構和個人是出版商、作者和讀者。出版界當然會善待之！

香港貿易發展局卻是個名義上以推動香港貿易為己任的「法定機構」。這類機構一向被視為「半官方」，因為接受香港政府撥款，而營運和管理則相當自由自主。用的是公帑、行的卻是私人機構的營商手法，亦無需向「股東」、「店東」（理論上是納稅人，按法理該由政府相關部門代行監管之職）問責。

如果貿易發展局由「儒商」負責日常營運，那麼這個「香港書展」仍然可以有文教效益，但是證諸事實，則是「庸商」的思維格局與「俗販」的作業模式結合。

店大欺客

貿發局主辦書展有年，可能深明跟參展商的關係是個「賣家市場」，因此處處顯現出店大欺客的惡劣作風。於是，有一年台灣參展商抗議大會安排失當，令他們參展攤位所在的展館人流稀疏而嚴重影響銷情。

一欺參展商、二欺作者。過去亦因為貿發展安排失當，曾讓個別參展商鑽了空子，故意營造簽名會「fans逼爆展館」的氣氛，以博取傳媒報道。結果貿發局曾經用一刀切手法嚴禁任何簽名活動，連作者和讀者在參展攤位內不擾旁人的難得交流都要扼殺。

還有三欺遊客。書展的遊客以看書買書的讀者為主，貿發局的人流管理安排，完全是折騰客人，絕對是店大欺客的表現。

因為受交通工具所限，絕大部份遊客都要在灣仔地鐵店出發，上天橋，中途穿過私人商廈，再走出跨公路的行人天橋，輾轉折反會展中心外圍的行人道，才走近港灣道正門。來自全港各區乘地鐵的讀者如是，使用其他交通工具的遊客大多要在灣仔入境處大樓前加入人龍。

於是乎，參觀書展已經變成一次艱苦的遠足。如潘某人這類馬齒日增的老人家，在有冷氣的室內和烈日暴曬的戶外反覆進出，能夠不害上感冒實在很難得，來到正門已經很累。但這還不夠，驗了票之後，還要在鐵馬圈定的大門前來個「一氣化三清」，行了兩個無中生有「乙」字路，才去到書展一號主展館的唯一入口。一號展館原本分為ABCDE五個分區，各有寬闊的出入口。我老人家不介意主辦當局將五度大門分為出入口，但我要先到A區，為甚麼要逼我在E區入口進場？然後被逼在人擠得摩肩接踵的區內小街蹣跚前行，經過DCB區，才能到遠我的目的地？這豈不是無端折騰人嗎？

由一號館到其他館也是「搵路來行」，近年到書展，除了一號館之外，實在提不起勁去跑其他樓層的副展館。或許就是這個原因，有被「放逐」離開一號館的參展商集體抗議。

一位小參展商說，這樣強逼遊客行冤枉路，是為了討好大型參展商。這樣說我就恍然大悟！我想到好像旺角的名廈朗豪坊，那邊南北兩個主要入口都租給百貨公司，也就是說訪客一定要被逼先參觀那兩家在地下大門口的店，才可以上樓，無一倖免。貿發局逼我老人家入館前走兩次乙字路，就是要我先參觀1E區，而且能夠確保九十幾萬人次的遊客都先到1E區。甚麼三號館、五號館的人流，就管他娘了。

難走出國際：生產商趨下流

香港書展另一個標榜的特色，是甚麼中港台三地交流，但是隨著兩岸大小三通日趨成熟，大陸出版商可以渡海參加台北國際書展，台灣出版商也可以「反攻大陸」。香港書展店大欺客，日後還拿甚麼吸引兩岸出版商？

然而，香港書展之走不出國際，買書的和賣書的都有責任。

先說賣方。

香港幾家大出版社的作業水平日趨下流（不是淫濺下流，是水平低的向下流），實在有目共睹，且舉數例。幾年前某大學的出版社，為一位前港英高官出版回憶錄，並同步出版中譯本。這樣固然有市場營銷的考慮因素在內，但是一般出版國際轟動的書籍，為了審慎和對原作者負責，譯本總是稍遲推出。因為翻譯不可以交給電腦，要翻譯家先讀通原著，才好再作第二度創作。畢竟回憶錄偏近文藝作品，不似專技書籍可以加快翻譯速度，甚至由團隊作業。結果，這本政壇名人回憶錄的中譯本錯漏百出，差不多每頁都有錯！真難為了那家大學的古老招牌！

又有某甲作者，拿了已故某乙作者的舊作加註重刊，全書有過半篇幅為某乙原著，某甲只信手加註，書上卻題為「某甲著」！這樣的知識產權安排實在荒唐，應該是

「某乙原著，某甲註解」才是道理。如果出版社認為某乙那不足一半篇幅的簡介和導讀亦有原創，也應該是「某甲、某乙著」才是呀！此書平均每兩頁至少有一個錯，跟上例是鄙人讀書數十年見過最不負責任的兩本書。

還有是某丙作者的《某某新字典》，出版社沿用舊名，卻換了某丁等人重編，似乎心存魚目混珠之想。某丙當然大力抗議！還曾寫信給潘國森訴苦。看過某丁等編的《某某新字典》，唯有在報上撰文呼籲，請出版社把是書回收銷毀，因為錯得實在太多，肯定要誤人子弟。今年書展，見這部某丁等編的《某某新字典》又再版，還標榜「最多學校採用」，而某丙的同名舊作則顯然「靠邊站」了。據年輕文友說，某丁等編的《某某新字典》已非本來面目，出版社有增刪而不說現版和原版其實有異。但現版只比原版稍勝，仍然不適宜給中小學生作參考。

幾家老牌大出版社尚且如此，香港書籍怎可以走出國際？

難走出國際：消費者不長進、零售商辱斯文

再書買方。

香港書展其實已經淪為「香港書市」。作為各地書商交易版權園地的功能既失，所謂書展，無非是一次吸引全

香港買書人的大市集，來客許多都是平日不逛書店的「年度買家」。有似牛郎織女每年只見一面，貿發局在此是架鵲橋的小鳥。

香港人讀書風氣日低，原因甚多。工作和學業的壓力大、餘暇少是其中一大因素。人既疲累，看書、不論要集中精神的知識書，還是不大要用腦的閒書，總也傷神。其次是香港在回歸之後的語文教育，似在有意無意間殲滅讀者群！曾跟前線老師閒聊，他說這是「活動教學」闖的禍。人家外國活動教學不是這個師生比例，二十人以下的小班才可以讓老師因材施教，多點照顧不同學生的實際需要。而且這「活動教學」是跟「愉快學習」是綑縛式售買，小學生都不用背書，也就沒有老師強逼他們記住課堂所學的資料。上到中學時，早已將小學時聽老師講過的常識忘記的八八九九，真可以用「一張白紙」來形容。於是中學老師要在初中三年教授新知識，與及將小學六年要記的材料重教。三年間要讀通七八年的課程（假設初中生還記得小部份課文），課業壓力焉能不大？到了高中，有部份學生已經停止學習、停止看書。然後，過不久又說升大學了！時下不少年青人常說，畢業離校投身社會之後，從來沒有好好讀過一本書！

逛書店常會見到這個口號：「為讀者找書，為書找讀者。」不少書展的來客可能很難算是讀者，參展商次文化堂一位店夥笑說，有讀者說來找華叔的新書，卻連書名都不知。原來次文化堂過去曾為已去世前立法會議員司徒華出版散文集，多次請華叔到場辦小型簽名會。華叔的回憶錄（按其生前錄音由家屬筆錄而成）卻由另一家出版社刊行。那位「讀者」想是從傳媒報道得知此事，卻「見山就拜」，摸錯門口！

香港書展的買家不乏這類「年度讀者」，買書不知書名、不問出版社。甚至還有不問作者，只是羊群心理，湊熱鬧的impulse buying（可譯為衝動消費）。

為了配合買方的「衝動消費」，個別庸俗的參展商就將攤位佈置成「跳樓大出血、特價酬賓週」的「夜冷市場」格局。特價書都是橫七豎八的亂放在一張大檯上，堆成書山，檯沿四面都有七八吋高的圍欄。超級市場賣金山橙的專檯也是這個模樣。這就不能怪責賣家將書亂放。

還有一個新現象，不知是今年才有還是已經行之有年，就是「擺地攤」。有參展商見攤位對面是牆或結構柱，為了多佔據地盤，就像香港某些食環署管理的街市常見的畫面搬過來。街市商販經常千方百計霸佔「官地」，將貨品放在行人道上展示。人家夜市擺地攤賣舊書的小販，也懂得稍稍尊重書籍，舊書都放在鋪地墊底的帆布之上。今年在「香港書展」所見，要傾銷的舊書都「親吻大地」，給無良的主人直接扔在地上。看上去，稍微有「斯文掃地」之嘆。

讀書人的一些建議

生平喜好「多管閒事、評論是非」，難免經常惹人討厭。但是這條病根畢竟難癒，唯有罵過之後，盡可能提出看似可行的建議，調劑一下、平衡一下。

香港書展在今後十年八載之內，都難走出國際。台灣地區跟我們同種同文，可以借鑑一二。香港和台灣都用正體字，所以有同文之親，勝過大陸。當然國內已經靜靜起革命，越來越多全用正體字刊行的書籍問世，雖然不敢說有生之年必能見到廢除簡體字的一日，但現時由中央政府強制推行的一套簡化字，終會被廢棄，這個則有十足信心。

閒話表過，言歸正傳。建議如下：

（一）接駁巴士

台北國際書展有一項德政，就是安排接駁公車（香港叫巴士），往來捷運站（捷運略相當於我們的地鐵）與展館之間。「香港書市」，不官方叫「書展」可以效法，例如在金鐘地鐵站（或其他有合用配套設施的站）安排專線直達金紫荊廣場，讓大部份遊客從會展中心的北門進場。

好處是讓我們這些老人家少走幾步冤枉路，省了腳力才可以遍遊各展館。如果接駁巴士交給商辦，我老人家願付五至十元的車費。

壞處是每年書展才出現、在柯布連道行人天橋上的壯觀人潮要一去不復返，貿發局不能再拍個照來宣傳書展有多成功。分流之後，書展入口既分為二，貿發局就再沒有辦法強逼所有人必須先參觀那幾個對正入口的「黃金鋪位」，那就要貿發局的總裁林天福先生想辦法擺平那些大參展商。還有沿途食肆和便利店的生意會受影響，失了每年一度的發財機會。

（二）整頓場內人流控制佈置

第一是廢除入口的兩重Z字路，將一號館的五個大門改為三入兩出（三出兩入亦可），我喜歡先到1A區，為甚麼一定要我經EDCB才到A？第二跟第一息息相關，改了門口就可以簡化一號館和其他館之間的交通，最終是減省我們老人家的腳程。你林總裁在每天上班由坐駕送到停車場，怎知我們老人家由灣仔地鐵站行到書展入口有多痛苦？

好處是還給讀者遊客選擇權，並且減輕館內不必要的人流擠塞。壞處是破壞了佔據大門口參展商的特權，這要林天福先生那個層次去處理。所有參展商付的呎租都一樣，憑甚麼要安排所有到一號館的來客都要先參觀你的攤位？

（三）整頓「斯文掃地」

按貿發局的往績，他們在書展總是該管的不理，不該管的卻過問。

古人有所謂「敬惜字紙」，連寫有字的紙片都要既惜且敬。一本書，不論在讀者眼中是怎樣粗製濫造，也總是作者和編輯人員的心血，怎能讓「斯文掃地」？

所以，在此強烈要求貿發局今後取締一切書展參展商霸佔行人道擺地攤的市井所為，參展商亦不應將任何要售賣的書籍直接放在地面上。

好處是……這還算是好處嗎？只不過是讀書人對書最起碼的尊重，不要的書可以拿去當廢紙回收，每斤可以賣得一元幾角，但不可要作者斯文掃地，這也不尊重讀者。壞處是……當然是要求貿發局做點實事。不求你推動讀書風氣，但也不要侮辱斯文！

（四）提供帳幔

每到書展接近「打烊」的時候，各參展商都會用各種顏色的布，將自己的攤位圍起來，作為最起碼的防盜設施。前人稱偷書的人為「雅賊」，今人偷書不再雅，只為拿來變賣，而且參展商的攤位內還有其他貴重物品，自然會惹小偷垂涎。

貿發局收的租金可不便宜，為甚麼就不能由大會提供小帳幔，給參展商每天散場後屏蔽攤位？貿發局是辦展覽的老手，今天許多小型展覽公司都有這個貼心的服務，幾條長S型鐵枝，一張印有公司標誌的纖維帳幔，就可以成為攤位的臨時門窗，為甚麼貿發局連這個也想不到？是不願花錢，還是不專業？

相信還是店大欺客吧！

（五）為作者讀者交流行方便

書展既無促進版權交易的功能，那麼為作者與讀者提供一個交流園地亦不失為對推動文化事業、讀書風氣的活動。

現時貿發展很擔心受歡迎的作者在書展範圍出現會引起混亂。那麼預計有數百甚至過千人出席的座談會當然應該移師較大的演講室。但是也有不少作者只能吸引小眾，絕對可以在主展館內開個小形聚會。因此建議在展館內畫出一個小地方，只需能夠容納二三十人就可以。例如一號館有ABCDE五個區，在B區和D區安排兩個小演講區就可供全館使用。其他展館也可以如此這般安排。

好處是便利作者和讀者，大家不必在場館間奔波。座談前後可以隨便參觀各個攤位，又不會造成混亂，為甚麼就不能予人方便？

壞處仍然是增加工作量，與及減少可收租的攤位面積。

小結

香港政客和論政人士在推銷自己的政見時，總喜歡說外國如何、先進地區如何。香港號稱國際大都會，其實只是粗通中英兩文，加上製定文化政策和執行文化政策的官僚大多自己本人就文化底子薄，也不尊重文化。香港書展莫說很難搖身一變，進化為香港國際書展，要走出「香港書市」的泥沼也不容易。法蘭克福和台北的國際書展都由出版界主導，貿發局豈能將「口中的肥肉」吐出來？而幾家大出版社的作業水平日趨下流（不是淫賤下流、是水向下流），就算交給他們做搞手，也很難想像有能力帶領香港書展向法蘭克福或台北的水平邁進。

知鏡花之不可攀，退而求其次。那麼貿發局是否可以還我們一個稍稍多一點「關照用家」（user friendly）的「香港書市」？

潘按：本文在《百家文學雜誌》二零一一年八月號發表。

學生評師雜憶

不敢聞師過

金庸小說《笑傲江湖》有一段對白很精采。

話說武當派掌門沖虛在令狐沖面前批評其師父岳不群：「岳先生外貌謙和，度量卻嫌不廣。」令狐沖當時未知眼前的老道身份崇高，立時站起身來，回道：「晚輩不敢聞師之過。」後來細想，小查詩人這句對白寫得太雅，這樣的談吐不似能出於令狐沖之口，皆因令狐沖讀書不多。

《三字經》云：「教不嚴，師之惰。」懶惰原該是為人師者最大的過失，對學生應要嚴格，則是基本要求。唐代文豪韓愈在《師說》一文指出做教師的三大責任，即：傳道，授業，解惑。傳道是講做人的大道理，授業是學科知識，解惑則是指導處理日常生活的進退。不過，這是中國人傳統觀念。儒家還有所謂：天、地、君、親、師。雖然老師排在最後，卻與自然法則（天）、世間環境（地）、統治者（君）、父母尊長（親）同列。

今天香港的教育現況是老師不能隨便批評學生，當然批改作業和考試評卷不在此限。話說得重了，會打擊自尊，萬一遇上有情緒問題的學生，捱罵後一時衝動，越窗做「空中飛人」，涉案老師便似與「殺人兇手」同罪。於是一般中學小學教師都臨深履薄，多一事不如少一事，以免刺激學生。

學生批評老師則有很大自由，隨時可以彰顯老師的過失，有事可以由家長向校長投訴，甚或向傳媒「爆料」。

何堪幹我媽？

最近，香港發生一起老師打學生的事故，事緣初中學生因不甘受罰，開口「問候」老師的娘親，老師盛怒之下摑了學生一記耳光。「問候」是委婉語，若將廣府話的原詞譯成普通話，大概是「幹你娘」，比國罵「他媽的」還要嚴重。

校長的善後辦法是要師生雙方互相道歉，便結案了事。若按香港現行制度和習慣，校長老大人已經幫了老師。此時此地，生打師，通常打了便算，甚少繩之於法，亦甚少開除學籍，最常用的理由是不想影響學生的前途；師打生，通常會惹官非，即使不用坐牢、不用留案底，入官門走一走，煩也煩死了。教師「上班」時受辱，經常要打掉牙帶血吞。

若按中國傳統，則此學生一定要趕出校。《神鵰俠侶》有一場戲，楊過開口罵師父的師父柯鎮惡，師父郭靖郭伯父說：「你不能再在我門下。」安排楊過由「桃花島郭靖私塾」轉校到「終南山全真教書院」，即是其父楊康的「母校」。

學生曾經公開說「幹老師的娘」，為免日後大家尷尬，師生兩人只可以留一人。當然最好是兩個都換一換環境。否則的話，同學都知道「幹老師的娘」的後果也不是那麼嚴重，若對老師「通融」一點，罵時用詞不這麼凶，便理應無事。我認為如果教育當局能夠配合，應該讓學校開除此生學籍，安排轉校，以振綱紀。老師亦宜調往他校，重新開始。可是現時為官者無承擔，自然不管前線教師的死活。制度上又不鼓勵、甚至阻嚇校方「趕學生出校」，那就多一事不如少一事了。雖然曾被「問候」娘親的老師以後教學難，自我形象諒必大大的下降，但是「吹皺一池春水」，關我屁事？

香港社會許多制度、作風，都是抄歐美。不能對學生施體罰，也是學外夷。不過，世事無絕對，香港學得最多的英國，已開始讓「體罰」恢復名譽，英國教師很快又可以重獲打學生的權力。導火線可能是最近的一次暴動，讓英國教育界和社會大眾驚覺年青人都學壞了。體罰學生的功與罪，正反雙方都各有大道理，理論之多，各自可以寫成專書。先賢從被打的角度立論，有「小杖則受，大杖則走」的箴言。潘某人年事日高，人更崇古，不慕西風。有需要的時候，小學生可以輕打，重點在於讓受罰之人明確知道自己這番言行，被社會視為過錯，知所警惕。

上課抄黑板

我們這輩「老人家」，初次踏足校門之時，父母早已叮囑：「要聽老師的話。」不似今天引入西方「先進思想」，學生以顧客自居，難免間中自以為「永遠是對的」。師者既淪為「服務員」，那就沒有資格講一個「嚴」字，傳道、解惑都免，只授業便夠。甚至授業也不能太過艱深，要照顧學生的吸收能力，十分低聲下氣。

唸小學時，從沒有懷疑過老師的學術水平。初中以後，知識稍長，常會按感覺認定某老師「有料」、某老師「無料」。高中以後，對個別科目掌握更多，老師是勤是惰便越來越清楚。上了大學之後自由度更大，更明白應付考試也好、自己求學問也好，主動權都在自己，老師的責任只是在適當時候給你指點。

大一那年，對一位講師的講課留下深刻印象。不是講課內容，而是他的教學工具。他用的投影膠片顯然長時間沒有用過，文字和算式泰半甩色，於是一邊講課，一邊重新填寫。這證明兩點：一，老師駕輕就熟，對講課內容瞭如指掌。二，肯定沒有備課，拿了陳年舊教材便逕入教室，而看來不備課也不打緊。這門課不是主科，例行公事而已，教亦教得清楚明白，授受兩歡。

大二以後，不再與別的系一同上課，講師都是本系的。其中一位的授課習慣最怪，一不在投影片放文字（只放圖片），二不在黑板書寫，只是拿住自己手上的講義照本宣科，聲明要我們做dictation（默書）。雖然他操香港口音的英語，基本上聽得明白，但大家都叫苦連天。多年之後回想，這實在是個上佳的訓練。因為到了工作崗位上面，跟上司開會時也是這樣人家口述，你筆錄，上司那有空為你行方便？另一位講師則喜歡「抄黑板」，講義大多從教科書上抄來，或許曾經稍加整合，上課時一字一句寫在黑板上。抄一段之後回頭解釋幾句，我們倒無所謂，後來的學弟卻聯名寫投訴信，認為大學講師授課不應該是這個樣子，老人家還氣得生病。那個年頭，大學行英式制度，教師的職稱主要是講師，升了級是高級講師，教授是極少數。後來因為外國的大學看輕我們的「講師」，才全部改稱「教授」。

票選誰最差

九十年代初，某大學的學生會舉辦一個「最差講師選舉」，傳媒自然拿來做文章。有獲選人投稿報紙的教育版吐苦水，不明白自己差在何處。自稱可能對學生要求嚴格，「苦心孤詣」，卻被學生乘機報復。然後有該系的女學生回應，從文章看，似有落井下石之嫌。

學生會的領導人通常自以為是，學問識見不怎麼樣，卻因為自願擔當「一官半職」，經常被傳媒當作「學生領袖」，有些人難免會飄飄然，覺得在任何方面都有資格跟大學的教職員「平起平坐」。潘某人向來好管閒事，便加入討論。當年寫了些甚麼內容，大多都忘記了，主要是批評這種選舉難以公平。試想個別講師如果這學年授課不多，或接觸的學生一向較少，在一人一票之下，根本難以當選。只要求學生批評老師「差」，差在那裡，差了幾何都沒有考究，即使出於善意，對老師亦無建設性，這是主事人不學無術之過。當時還呼籲那位女同學「負荊請罪」，後來輾轉收到師生雙方的來信。老師感謝我「仗義執言」，並說曾跟那女同學面談，交換了意見。女同學卻說文章被報紙的編輯刪改了，並非全部原意，頗感委屈，至於「負荊請罪」則不能。那時我才驚覺自己有亂用成語之失。「負荊請罪」是廉頗與藺相如的典故，老將軍可以「袒衣露肉」，怎能叫人家女孩子效法？那是潘某人唐突娥眉了，合該請罪。

外國重科研

我相信當年那些學生會領導也是從西方汲取經驗，但是移植時不考慮本地情況，只搬「精神」而不理會細節，由學生評老師就算，卻不學人家怎樣評。這個玩意可能跟校方主導的「最佳教師獎」唱反調，校方不讓同學參與「最佳獎」，他們就另立一個「最差獎」來過一過癮。不過「最佳獎」用另一套標準，主要是研究成績，未必包括教學，因為最受學生歡迎的大學教師，不一定有高的學術水平。

九十年代初，香港各大學都陸續引入由學生評估教師的做法，每一位教師在每一科、甚至每次講課的表現也獨立評估。通常問卷有一系列「命題」，例如：「備課充足」、「講解清晰」、「講義詳盡」等等。聽課人按「Likert Scale」表示是否同意，有五個「對稱」的答案可選：

Strongly disagree（十分不同意）
Disagree（不同意）
Neither agree nor disagree（非同意、非不同意）
Agree（同意）
Strongly agree（十分同意）

英語裡面這樣的講話方式，其實跟我們漢語的語用習慣格格不入。不過這遊戲玩了這麼多年，大家都熟習了。

以香港的現況，因為大學教師的評級、升遷、加薪，甚至續約都可能受這個學生評估影響，於是出現了個別教師為博好評而曲意逢迎。跟過去教授講師完全控制學生「命運」的情況大異其趣。我上大學的年代，有校友告訴我，某系的「一級榮譽生」歷年都是美女，未試過有例外。

最近請教一位朋友，他在美國某家名牌大學當職員，他說他們大學有固定格式的問卷表格，學生可以上網填表，每張表改掉課程編號和授課教師姓名就可以。問卷上寫明，評核結果會影響到教師的薪水和升遷。我從互聯網上下載了表格，看後問我的朋友，有麼機制防止學生公報私仇？例如一夥學生跟教授有私怨，可以聯合起來搗蛋。朋友說沒有辦法，只能相信同學都是誠實地填問卷。不過他補充說，雖然問卷上這麼寫，但是大學以科研成果為主，本科生的教學並不是那麼重視，反正能夠入讀的都是高材生，會公報私仇的不會太多，影響亦不會太大。

我想人家名牌大學重科研、輕教學的傳統，也是「學生評老師」這事移植到香港「橘化為枳」的一大原因。我們這邊許多大學過去都不重視「科研」，有些比較懶惰的教師平素很少在學術期刊發表研究成果，有時在本地某些稍有點學術味的月刊登了散文、雜文也算研究成果。既然個別院系向來都少學術研究成果，那麼學生手批的教學評估就成為升遷的重要依據。

一位老教授說雖然制度如此，但也萬不能扭曲自己的學術，去遷就學生。例如不能因為學生追不上學習進度而「放水」，一班學生總有些認真學習，如果你放水，他們覺得不公平，一樣會投訴。最重要讓學生知道你「有料」，感覺到即使你這位老師對學生嚴厲，用意也是為學生好，那就不怕學生說謊惡評了。

本地錢亂花

千禧年後，我考到英國特許語言學會的專業翻譯文憑，從此有了「文科」的學歷，不必再受那些文學院畢業的小朋友白眼。在報上見有私立大專聘請教翻譯的兼任講師，便寄信去應徵，一拍即合。校方給了課程大綱和參考書目，買了指定用書一看，那書萬萬用不得，撰書人中英寫作水平都低，理論大多是推砌出來。書中的譯例病句連篇，慘不忍睹。錯買此書，十分肉痛，唯一好處，找劣譯作反面教材俯拾即是。

第一課先要求同學交中英作文各一篇，題材字數不拘，先摸一摸底。這是個冷門課，報讀的學生只有小貓三四，雖然都有中學畢業的學歷，中英寫作水平都遠未達標，只能當作「興趣班」。更萬不能按課程綱要來教，否則悶死人，我自己也受不了。由於學生少，便加多習作，讓他們在實踐中學會幾多便幾多。曾有在大學教翻譯的朋友告知，新生的中英文寫作能力年低一年，給他們「補底」很吃力。最初就是不斷作文、不斷批改指正。大學新生如此，普通中學畢業生自然更甚。

第二課多了一個學生，此人兩手空空，一張紙、一支筆也不帶。告訴他要交中英作文各一，他問：「唔交得唔得？」對曰：「得，不過會無分。」此人肯定無所謂，而他上課時總是甚麼也不幹，亦不會騷擾人，我自然也不再去惹他。兩個多小時的課，中場休息十來分鐘，此人例必乘機「放學」，不再回來，再過幾課之後就失蹤了。我當然明白這傢伙上課是為了騙取父母的零用錢：「我去讀夜學，不是遊手好閒呀！」

有一日，辦事處的主事人說要來觀課，那無所謂，反正大家都知道學生是那一個水平，若說按照原來課程設計來教，肯定是自欺欺人。

事後，主事人對我說來觀課是因為有兩個學生投訴我教學不負責任，所以先去問問其他同學，都說我沒有偷懶、沒有敷衍，每課都有教材、習作和討論。主事人說循例來看看，確認一下。其實那兩個學生要讀另一個課，但跟我這個課撞期。這種情況校方沒有退學費的道理，他們為了討回兩人合共幾千元的學費，便誣蔑我教學不負責任。主事人還說時下年青人品德如此，實感無奈，叫我不要介意。

到了今天，甚麼副學士課程開到荼薇，課業遠遠追不上的學生都多了升學途徑。有知情的小朋友說，有許多副學士班的同學每天回校吃過早餐就無所事事，或到課室點個卯，或乾脆失蹤。我便想起那個問我「唔交得唔得」的傢伙。或許年青人時日尚多，可以盡情浪費。

現時大學課程已微見「凳多屁股少」，必有更多課業追不上的學生入學，本地名牌大學都挖空心思去搶少數高材生。肯定有許多人學不來，既浪費教育經費，又虛耗學生的生命。由「唔交得唔得」的學生品評老師的教學水平，誰敢保證大家都「秉公處理」？

人心不古，我沒有那在名牌大學任職的朋友那樣有信心。

潘按：本文在《百家文學雜誌》二零一一年十月號發表。

龍子不「蠢」乎？

秋去冬來，香鑪峰下，有一位「權貴」被譏刺為「蠢」，成為城中熱話。事緣其「競爭對手」的團夥借不同宣傳渠道不點名狠批「權貴」，因「權貴」平日談吐庸常、應對生拙，便說他「蠢」。「權貴」被傳媒窮追迫問，便回應道：「我龍年出世。」那是認為凡在龍年出世的人都「不蠢」了。怪不得香港民間有人實行另類「望子成龍」的家庭計劃，刻意安排在兔年受孕，務求翌年可以生個「龍子」（或「龍女」）。結果出現所謂「龍年效應」，就是每逢龍年香港的嬰兒出生率例必顯著上升。

影響所及，這些龍子龍女每到升學的關卡都面對更大的競爭！例如幼稚園升小一、小六升中一等年份便是。因為課室不能忽然大量「加凳」，粥未少而僧忽多，龍子龍女爭入「名校」的成功率反而下降。真是未見其利，先見其害！

「權貴」以為「龍年出生的人都不蠢」，這個想法本身就很蠢！簡直不值一駁。難道每逢龍年之內，即是由大年初一至年三十晚（或立春的一刻到下一次立春之前）出生的香港嬰兒，就連有一兩個遇上天生弱智、傷殘，甚或夭折等不幸命運也沒有嗎？愚昧無知的人身處高位，香港的吏治和庶政又怎麼可能會合格？

這個「自稱不蠢的龍仔」看來是個不認識中國文化、對華夏文明也沒有太大興趣的番書仔，卻受到近幾十年才流行的「生肖運程」、「生肖性格」影響，人云亦云。總而言之，龍年出生之人，既有聰明、亦有弱智；既有健康、亦有傷殘；既有富貴、亦有貧賤；既有高壽、亦有夭亡。

鱗虫之長

麟、鳳、龜、龍，合稱四靈，古人認為麟是「毛虫」（指體表多毛的獸類）之長；鳳是「羽虫」（指有羽毛的鳥類）之長；龜是「甲虫」（指有堅硬甲殼的動物，包括貝殼類）之長；龍位居四靈之末，是「鱗虫」（指體表有鱗片的動物，包括魚類、穿山甲等）之長。人則是「裸虫」之長，「裸虫」是指沒有毛、羽、甲、鱗等蔽體的動物。這個古老的「中式動物分類法」可能不及現代動物學那麼精細，但亦甚有趣。

龍原本為位居四靈之末，但是在帝制時代龍已經成為皇帝的象徵，再兼麟、龍兩字雙聲，便有不少人誤以為四靈的次序是「龍鳳龜麟」。按照中國民俗，龍這種虛構的靈物實是海陸空三棲。《三國演義》第二十一回〈曹操煮酒論英雄〉就有作者借曹操的口論龍：「龍能大能小，能升能隱；大則興雲吐霧，小則隱介藏形；升則飛騰於宇宙之間，隱則潛伏於波濤之內。方今春深，龍乘時變化，猶人得志而縱橫四海。龍之為物，可比世之英雄。」

「權貴」以「龍年出生」當作自己不「蠢」的證據，明年2012年歲次壬辰，又是龍年，壬為陽水，此君能否在此「水龍」之年「得志而縱橫四海」呢？明年3月下旬就有分曉。按中國曆法，屆時已交春分。春分這一天晝夜中分，按歐西風俗，視為「spring」的開始；中國人則認為春分是春天的正中，很快就交入「建辰之月」，龍年龍月，是「春深」時節，或宜「乘時變化」吧。

常言道：「龍生九子，子子不同。」這些龍子最終都不能成為「真龍」。

除了蠢之外

我們廣府話保留古代漢語多用「單音節詞」的傳統，現代漢語多用「雙音節詞」，有「蠢」字在內的常用雙音節詞還有愚蠢、蠢鈍、蠢笨等。蠢的「同義詞」（指一義相同）可真不少：愚、傻、懵、鈍、笨、癡、呆、魯等等。散用的時候可以通用，合用則有別。既然這「權貴」是蠢不是也成為城中熱話，可以乘機辨析一下廣府話「罵人蠢」的單字有何分別。

先說「蠢」。蠢字的本義為「虫動」，引申為一般的動，有所謂「蠢蠢欲動」。再引申為「妄動」，比較容易輕舉妄動的就算是「蠢人」。

再說「愚」。愚跟智反義，於是「愚公移山」的故事就找一個智叟來做「反派」。不過故事中智叟之智和愚公之愚只是表象，於是又有所謂「智者千慮，必有一失；愚者千慮，必有一得」，當然還有「大智若愚」，近似俗語的「面懵心精」。廣府俗語形容過於任智的人為「走精面」，「走精面」的人經常會「計錯數」，聰明反被聰明誤。「愚蠢」合起來，就是既不智而又多妄動，是為「愚而自由」。愚可以作自謙之詞，你想出一個「高見」，但是向人提出的時候卻會謙說是「愚見」；「蠢」則沒有自謙的用法。所以，有人願意自認「愚」，卻沒有人肯自認「蠢」。所謂「人蠢無藥醫」，「權貴」這就非得要辯個明白不可！

再說「傻」。本義是「輕慧」。慧是聰明而有才智，所以「傻」是不夠聰明。性質較好的「傻」只是「過於老實」而「不知變通」，所以人家說你有「傻勁」未必算壞事，有時「不知變」還可以化為堅持的力量，努力不懈亦可成功。俗語有謂：「傻人有傻福」。

再說「懵」。「懵」是「不明」，即「看不清」，引申為「不清醒」。罵人「懵」主要是說此人觀察力不夠強，經常對身邊發生的事「懵然不知」。

再說「鈍」。「鈍」是「不利」，引申為「反應慢」。現代社會生活節奏很快，腦筋轉得慢的人經常會錯失機遇。廣府人最怕這樣吃虧，所以說「執輸行頭，慘過敗家」，又有「寧生敗家仔，莫生蠢鈍兒」。因此，廣府人挑選繼任人最怕「蠢」和「鈍」兩項。

再說「笨」。本義是「竹裡」，引申為「不精」、「粗」。有所謂「笨重」、「粗笨」。「笨伯」原本一定超重，人身體重便不靈活，「笨手笨腳」。所以罵人「笨」，在「肉身」多於在「精神」。

再說「癡」。本義是「不慧」。引申為過份天真、過份執著。便有癡心妄想、癡人說夢等等成語。佛家有所謂三毒，即：貪、瞋、癡。「癡」可以兼「蠢」，但較為偏向情緒問題，未必盡是智力問題。

再說「呆」。亦是「反應慢」，或是「發楞」。如呆滯、發呆等。「呆」
主要指人對外界的刺激反應遲鈍，如「呆若木雞」。「呆」亦可能跟智力低有關。

再說「魯」。反應遲鈍謂之魯。蘇東坡詩有云：「但願生兒愚且魯，無災無難到公卿。」舊日的「公」近似今天的總理級、「卿」則近似部長級。愚魯之人在高位，未必是國家社稷之福，蘇學士這是說反話。不過「魯」也有良性，作「純樸」解。孔子就點名批評曾子說：「參也魯。」曾子之「魯」，亦可以成就大學問。

再說「戇」。良性的「戇」只是直率，如「戇直」；惡性則是魯莽。「戇」與「笨」在廣府話口語都可以加一個粗口字連用，合成罵人的髒話。因此有人認為「笨X」該用來罵中老年；「戇X」則用來罵青少年。

設使龍年生的人不蠢，他會愚、傻、懵、鈍等等嗎？

潘按：本文在《百家文學雜誌》二零一一年十二月號發表。

坐北向南、左東右西

不分左右、未辨東西

閒來無事，信手翻閱報紙的副刊文章，赫然見有此語：「太行山左的太原、山右的濟南……」啞然失笑，心想作者可能是位多讀番書、對中國傳統文化興趣不大的年輕小朋友，是以不分左右、未辨東西。再看作者署名，卻是某大學中國文化中心的訪問學人。

太原和濟南，分別是中國山西、山東兩省的省會。山西太原是李唐龍興的發祥地，唐高祖李淵起事時原任太原留守。中國人有漢人、唐人的別稱，今天世界各地的大城市多有唐人街。山東濟南以泉水和大明湖最為中學生熟知，小朋友或記得「四面荷花三面柳，一城山色半城湖」。

山東、山西兩處地名以太行山命名，被邀請到大學坐鎮的學人怎麼會左右不分呢？

中國人方向感從來是坐北向南，皆因吾國吾土位在北半球，建屋坐北向南可以多受日照。屋門房門向南亦為避北風，廣府俗語有云：「南風有禮唔入屋，北風無禮入到房間。」窗戶朝北，到冬天就要受寒風。近代又有所謂「南風窗」的說法。

人坐北向南，自必然左面是東而右面是西。試翻開一張河北省的地圖，再幻想自己人站在該省最南方的邯鄲市，面向南方，是不是山東省在你左手方，山西省在你右手方？因此，山東是「山左」，山西是「山右」。這是中國文化小常識。

本地以黑社會人物為題材的電影、漫畫常有「左青龍、右白虎」的提法。青龍、白虎、朱雀、玄武，合為四象。東方青龍（又叫蒼龍）七宿，西方白虎、南方朱雀、北方玄武，都有七宿，合為二十八宿。堪輿師亦有「左青龍、右白虎、前朱雀、後玄武」的術語。今天北京故宮有「神武門」，是避清聖祖玄燁的諱而改。都城北門本來該叫「玄武門」，唐太宗李世民在玄武門之變弒兄屠弟，乘機逼老父退位，這「玄武門」是中學生都該聽過。總之，不論神武門抑或玄武門，都是皇城的大後門。

坐北向南、左東右西，是中國人都應知的文化小常識。

北上南下，歐西文化

明朝末年中國跟西方的接觸又再頻繁，這一期國際文化交流的最大推動力，是五百年前西班牙和葡萄牙拓海的角力，然後是歐洲傳教士東來。現時我們可以見到清末的中國地圖，漸多改用了歐洲的慣例，圖紙的上方朝北，下方向南，於是左右給顛倒了。文化學人將山西太原當作太行山之左，山東濟南當作太行山之右，似乎是錯拿了現代「北上南下」的地圖作參考。

今天世界上流通的地球儀，恐怕都是北極在上、南極在下，聽說澳洲人反其道而行，製作南極洲在上的地球儀，那麼澳洲就在歐洲和北美上面了！

東半球、西半球之分，是以英國人為中心，歐、亞、非、澳在英國之東，屬東半球；南美、北美在英國之西，屬西半球。東半球是舊大陸、西半球是新大陸，這也是歐洲人的說法。新大陸被歐洲殖民者宰割五百年，原來在美洲的舊文明都給摧殘得奄奄一息。

南半球、北半球之分，以赤道為界。相比之下，北美的美國、加拿大，再加歐洲，東亞的日本都是經濟發達地區。現在加了中國和印度，早前已加了四小龍，全都在赤道以北。赤道以南，海洋多而陸地少，只有澳洲、新西蘭兩個由英國人奪地建國的國家屬富裕，近年加了巴西，其餘南美洲和非洲南部各國都相對貧窮。簡而言之，北半球富，南半球窮。

大學邀請學人向學生講論中國文化，不宜這樣擺烏龍。但是山人心想，報紙的編輯是否也有把關的責任？山西是山右，長一輩的文化界前輩都應該知道。問題出於編輯低齡化，還是編輯「不中國化」？還是不敢質疑大學供的稿，以為「大學出品，必屬真確」？

山人按：

「豚」比「豚」多了一長點，粵音如「篤」，本義為「臀」，引伸為泛指事物的最尾部份、盡頭部份。

「宿」讀如「肅」。清儒段玉裁在《說文解字序》指出，南方讀入聲「肅」、北方入聲消失讀「秀」，不是一字兩音。如果廣東人一定要讀「星宿」如「星秀」，則「宿舍」亦該讀如「秀舍」！

潘按：本文在《百家文學雜誌》二零一二年二月號發表。發表時用筆名「西樵山人」，並釋義為：「祖上居於西樵山腳、生於太平山下、現居於玉桂山畔。」

《錯讀時艱》寫作經過

(一)

古人少小賦詩，五十學《易》；「森仔」（此稱近年歸黃仲鳴老教授專利，父母兩族尊親都不再用）卻次序顛倒，少年讀《易》，老大學詩。

事緣有博文詩藝社（http://hkbookman.mysinablog.com）的文友力邀我嘗試習作韻語，二零一二年一月下旬由做對聯和詩鐘學起，到二月上旬不足二十日內，草成生平第一組七絕。

雖然說由初學到初識不足二十日，其實自少稍為讀過點唐詩，亦稍為聽過點粵曲，於聲韻、平仄、詩律都略知一二。

經此一役，才知道原來吟詩作對亦甚有趣。過去常有年青讀者寄來新作詩詞叫我品評，一向只能從讀者角度談談個人喜好。現在則可以講講自己初學做詩的經過，蓋潘某人有一獨特長處，「學會幾多，就能教幾多」。

(二)

二零一二年歲次壬辰，民俗凡辰年稱為龍年。博文詩藝社今年一月的社課要應節，我這第一份對聯習作的出句（又稱上句）是：龍騰新歲占香海。

七言聯有兩個正常格式：

（一）可平可仄平平仄（◎○◎●○○●）

可仄平平仄仄平（◎●○○●●○）

（二）可仄可平平仄仄（◎●◎○○●●）

可平可仄仄平平（◎○◎●●○○）

所謂「可」，指可平可仄。潘某人是新手，吟詩作對多用電腦打字，通常先準備好「貓紙」，然後依據平仄格式「填字」。白圈（○）平聲、黑圈（●）仄聲、雙圈（◎）可平可仄。雖然有了「貓紙」，但仍經常大意出錯，所以現階段凡要「發表」詩作，必先請「大師父」、「二師父」斧正（其實主要「差遣」兩位師父「校對」平仄和韻部），以免失禮街坊。

「龍騰新歲占香海」的平仄是「○○○●○○●」，對句（又稱下句）就要「◎●○○●●○」了。

第一個浮現的念頭是馬英九剛成功連任總統，龍對馬，馬做甚麼好呢？這要仄聲字。再想到「馬躍」，馬躍甚麼可以比喻此喜慶事？對句下三字用地方名吧？「臺灣」（○○）難安排，臺灣古稱「夷州」（●○），雖然合律，但這個名似乎不太好。

再看詞性：龍，動物名；騰，動詞；新，形容詞；

歲，歲時類名詞；占，動詞；香海，地輿名詞（亦可以拆開，當「香」是一般形容詞）。「歲」字範圍很窄，這個有難度。幸而有詞長示範，原來對仗不必嚴格到名詞的類型也要相同。這就沒有那麼難了。

先從對句首兩字入手。一動物、一動作，平仄是「◎●」。這不難，「馬躍」之外，「豹隱」、「虎踞」、「鶴唳」、「鯨吞」都可以。

「新歲」（○●）對「終年」（○○），「豹隱終年」在何方？六七兩字要「●○」，「四川」可以，但隱居要在深山而不在河川。可改為「蜀山」，蜀即四川。要隱當然先要「避」。

便有了第一個對句：「豹隱終年避蜀山」（●●○○●●○）。

「馬躍」，想到《三國演義》有「劉皇叔躍馬過檀溪」的故事，那就「馬躍重圍過險川」（●●○○●●○）。

「鍾山龍盤，石頭虎踞」，是南京的形勢，那就「虎踞千秋伴大江」（●●○○●●○）。石頭城是南京別稱，大江即長江，這對句也做得不壞。然後「鶴唳清音上九天」（●●○○●●○）。「鯨吞」就不再花精神去想了。

（三）

「詩鐘」是按照題目和指定格式做一副七言對聯。廣東人習俗新春必互相「恭喜發財」，博文詩藝社一月詩鐘社課的題目是「龍、財」，格式用「分詠格」。分詠格要求出句和對句分詠龍、財，次序不拘，但不能出現龍財二字。

龍的典故，如果用《易·乾》的「潛龍勿用」、「飛龍在天」，似乎太平凡。便想起《韓非子·說難》：「夫龍之為虫也，柔可狎而騎也，然其喉下有逆鱗徑尺，若人有嬰之者則必殺人。人主亦有逆鱗，說者能無嬰人主之逆鱗則幾矣。」

這就從「逆鱗」（●○）入手，「逆」在此是形容詞，但亦可作動詞用，可放在出句末字。

鱗則是名詞。用典故不可以字字照抄，要用意義相通的字代替。如果拿逆字當動詞用，就不必再提「嬰」字。初擬「出句」五六七字為「難堪逆」（○○●），全句就是「◎○◎●○○●」。「鱗」可放在第二字，「有鱗ＸＸ難堪逆」。第四字要仄聲，「逆鱗」在龍的「喉下」，用「喉底」在修辭上就有變化。現在出句是「有鱗喉底難堪逆」（●○○●○○●），這個詩鐘的習作完成了第一步，剩下來就是做對聯，對句的平仄要求是「◎●◎○●●○」，內容則是詠財而不用財字。

在構思出句時已考慮到「鱗鳳龜龍」是四靈，「靈」可以對應「神」，詠龍句雖然最終沒有用靈字，詠財句仍可考慮常用成語「財可通神」。「難堪逆」對「未可通」，「喉底」對「神前」，「鱗」可以對「貝」，財字本來就是「有貝之才」，那就「欠貝神前未可通」（●●○○●●○）吧！

意猶未盡，詠龍不用乾卦，卻可用坤卦。《坤・上六》：「龍戰于野，其血玄黃。」《易傳・小象》說：「其道窮也。」《千字文》首兩句云：「天地玄黃，宇宙洪荒。」結合幾個典故，得出句：「陰窮戰野驚天地」（○○●●○○●）。對句可詠歐洲債務危機，那是各國福利太好，政府常年有大幅財政赤字，得對句為：「賬赤推波撼美歐」（●●○○●●○）。

(四)

博文詩藝社的社課是一次過出三個月的題目，我二月上旬就匆匆做完二三月的社課。豈料「大師父」說進度尚可，應該開始學做詩，最宜從七絕入手，便授以詩律格式。於是就用了「轆轤體」做了《蝗蟲七絕四首》，最後定稿為：

（一）惡言醜詆罵蝗蟲，立國農耕后稷功。議會鼠狐莊稼害，未如蟊賊穗禾空。

（二）症急臨盆闖閘風，惡言醜詆罵蝗蟲。訟師玩法關防廢，醫護官民嘆計窮。

（三）百粵鄉談流播久，刨冬乏力香江狗。惡言醜詆罵蝗蟲，傖鄙無慚狂妄丑。

（四）明珠赤縣一根同，讒間乖離骨肉攻。意恐太平山不亂，惡言醜詆罵蝗蟲。

轆轤體其中一個格式是四首七絕，重出的一句分別放在四首詩的首、二、三、四句。所謂詩無達詁，黃仲鳴老教授說「雙非孕婦」闖關，大多不是「急症」而有預謀。但「我潘詩人」（既學會寫詩，可以升「le」自稱「詩人」）並無此意，只是如實說她們硬闖「急症室」，香港醫護人員都是帶同人道精神和醫者父母心上班，當然只能先接生再說。

（五）

學會做了詩，竟然有點似上了「毒癮」，詩興為之大發。

幾百年來，中國文人做格律詩都按南宋時金國人劉淵編的「平水韻」，因劉是平水人（在今山西省），故名。平水韻跟現代漢語讀音已有出入，例如「一東」、「二冬」是不同韻部，雖然間中可以通用。換言之，就是中古時代東南西北的「東」和春夏秋冬的「冬」讀音有差別。潘某人怕麻煩，不願背熟平水韻，唯有另找辦法，就是先按「粵曲五十韻」的韻部寫詩，然後才回頭去檢視這詩能否滿足平水韻及相關借用鄰韻的規矩。

「二師父」訓示說，做詩還是應該按平水韻，否則參加詩詞比賽一定落選。

潘某人經常不聽老師教誨，一意孤行，於是賦一七絕：

學韻潘生語廣東，抒懷自遣不求功。
詩章未願宗平水，毀譽歡迎悉任公。

寫點歪詩，以通廣府話的人為對象，而且沒有要贏甚麼比賽的志氣（不求功），所以不大願意受平水韻束縛。不過現在新學乍練，總之依規矩借鄰韻而不出律就算。

（六）

然後又有《錯讀時艱》七絕五首。

一：劉郎武斷讀時艱，早歲從遊許地山。
不暇留聲辭典啞，今賢無據判研難。

劉郎指劉殿爵教授（1920-2009），他在上世紀八十年代初公開指責香港人將「時間」讀如「時諫」是錯，又聲稱早在四十年代「人人讀時艱」。此說一出，輿論譁然，反對聲音此起彼落，皆因在語言學的學理上完全說不通，可是許多持異議者都比劉教授年輕，只能批評劉教授的論證，對其講的「歷史」唯有存疑。當時有一位「七十八歲老翁」（約在1903、1904年出生）提出截然相反的資料，指出民國初年上私塾時老師讀「諫」，三十年代中山大學石光瑛教授（1880-1943）亦讀「諫」。結果劉教授終其一生，不回應社會各界的批評。

構思這首詩的時候，從「艱」字入手，這字屬粵曲的「闌珊韻」。剛好劉教授四十年代初在香港大學中文系畢業，語言學家許地山曾任系主任，若說「人人讀時艱」，則理應包括許地山教授。還有劉景堂先生、劉德爵先生兩代詩人（即劉教授之尊翁及尊兄），兩位劉詩人雖然沒有教授銜頭、博士職稱，但是都屬飽學之士。既然林範三老先生搬出石光瑛教授，劉教授理應可以舉父、兄、師作證。

可是早年無錄音，字典又是「啞老師」而不能發聲。

今天要判斷劉教授「四十年代人人讀時艱」說法的真偽，實在有些難度。

二：何郎繼緒播歪聲，廣韻胡言意弗誠。
卅載學奸曾未熟，官商寡陋濁驅清。

第二首詩要論何文匯教授繼承劉教授的「衣缽」，兩位自稱「正讀」、「正音」，其實錯漏百出。劉教授只罵香港人「錯讀時間」，何教授罵香港人的「錯讀」更多，越罵越離奇。何教授自稱依《廣韻》審音，其實《廣韻》合用則用之，不合用則按何教授個人喜好定奪。而最叫人吃驚的卻是何教授用了近三十年的時間學將「時間」讀如「時艱」也不成功！

構思這首詩時，考慮到何教授治學的態度不誠實，假借《廣韻》之名「呃細路」，便要用一個「誠」字，屬粵曲的「英明韻」。

最後一句說香港教育部門的官員和一些教科書出版商孤陋寡聞，誤信「何文匯歪音」，加入「播奸聲」的行列！

三：王亭一老斥邪音，訓詁精嫻學養深。
瓦釜如雷鳴港海，黃鍾半毀氣陰沉。

第三首寫王亭之老師獨舉義旗，斥責何教授「誤人子弟」。而且早就真正引用《爾雅》和《廣韻》，論證「時間」是「時的迭代」，所以只能讀「時諫」。回顧中國二千多年學術史，所有學術辯論都要指名道姓，但是到了二十、廿一世紀，「王亭之點名批評何文匯」一事，反而引致亭老受人毀謗，世道真是變了！由「音」字，選了粵曲的「琴心韻」。要考慮第二、三首的用韻，決定「聲」字放在第二首，「音」字放在第三首。「黃鍾毀棄，瓦釜雷鳴。」語出《楚辭・漁父》。因為王亭老的論證還未致於完全被淹沒，所以只能說半毀，而非全毀。

四：歐郎語境法雙重，課外依違未秉公。
　　時諫時奸驚四座，嚴師忠信水流東。

第四首談由「劉殿爵時艱」到「何文匯歪音」，再演化為「時諫時奸」的「雙重標準」。

二零零七年，歐陽偉豪博士出席香港大學一次研討會時，聲稱「時間」的讀音可以按語境而異。他本人平時讀「時諫」，到中文系見工或上電視做節目讀「時奸」。一時讀「諫」、一時讀「奸」，此論叫人意想不到，即時震驚全場！這跟劉何兩教授疾言厲色責備香港人錯讀大異其趣。難道大學中文系教員有特權？都是一張嘴說了算？

遂有此章。

五：嶺南大老白鬚翁，百歲鴻儒李育中。

鐵證如錘爭議息，珠江時諫九旬同。

前述劉殿爵教授「武斷讀時艱」，是從訓詁學、語言學來辯難，早可以證其不確，只剩下「四十年代人人讀時艱」這一則「口述歷史」的真偽。二零一一年底請教廣州華南師範大學李育中教授（1911-），老人家說「時間」讀「時諫」，從來沒有第二個流行的讀法。鐵證如山，一錘定音。雖然沒有辦法證明劉殿爵教授「不老實」，卻足以證明劉教授的說法並非事實真相。劉教授生前不能具名舉出任何一位他的師長確確實實「讀時間如時艱」，今番潘國森用錄像機記錄了李教授的人證。李老師一九二二年到廣州，那麼潘國森說：「珠江流域一帶居民『讀時間如時諫』起碼九十年如一日。」可以是定論了。

忽想起蘇軾曾批評秦觀的「小樓連苑橫空，下窺繡轂雕鞍驟」為「十三字只說得一個人騎馬樓前過」；這第五首的頭兩句則是「十四字只說得百歲學者李育中」。

自劉郎以降，一批大學中文系的教師「錯讀時艱」、「錯教時艱」，貽害深遠。「森仔」初學寫詩，草成此章，亦古人「下以風刺上」的遺意。但是礙於才疏，也只能交出這樣的作業。

讀者諸君若人微言輕如潘國森，日後若遇上「中文系畢業生」訓示「時間本讀時艱，只是香港人一直讀錯」，可以考慮背誦《錯讀時艱七絕五首》回應。

附記：

潘國森在二零一一年十二月參加第十六屆國際粵方言研討會，發表論文《評劉殿爵〈論粵語「時間」一詞的讀音〉》，總結今賢意見，提出劉文九大疏漏，再加李育中教授的確實人證，可以證明劉殿爵教授認為「時間」當讀如「時艱」為錯誤。日前石見田兄送來上世紀二十年代廣州嶺南大學出版的《增訂粵音撮要》（編者何福嗣），書中標明時間的「間」讀陰去聲如「諫」，連文獻證都有，足證劉說與事實不符。

潘按：本文在《百家文學雜誌》二零一二年四月號發表。李育中教授則於二零一三年逝世。

秋後算賬

中國人講的春天，始於立春、終於立夏，折算公曆為二月初至五月初。其餘夏、秋、冬都約佔三個月，餘此類推。這跟歐美風俗不同，他們以二分二至作為spring、summer、autumn和winter的起點。Spring到三月下旬春分才開始，他們不能理解中國人講的「春寒」，所以將春天和spring當作可以「全等對譯」並不一定正確。二零一二年的春天，即三月下旬一場選舉完結之後，香城處處有人大談「秋後算賬」。任何名詞術語都可能跟深層文化有關，原始本義是一義，後來引申義可以有變化，當下的通用義可能已經演化蛻變了好幾次。

「秋後算賬」本是農業社會的產物。中國自古以農立國，農作物以米和麥為最大宗，都在秋天成熟。農民主要收入在秋天進賬，春夏間經濟不寬裕時便要賒借度日，等到秋收時才有能力還債。富家預期有田地的農民到秋天可以結賬，便樂於放債。賒借錢糧可以賺取更多利息，不勞而獲。一旦失收，農民在「秋後算賬」時無力還債，遇上收稅的官吏和討債的債主不通融，走投無路就有可能造反。所以，前人經常講甚麼「風調雨順，國泰民安」，農業收成正常，大家都捱得過「秋後算賬」，社會就穩定、國家就繁榮。

香港開埠以後，大宗的經濟活動以商貿為主，上世紀五十年代因緣際會大力發展出口輕工業，工商百業全年都有買賣交易，一年「算賬」的時候便改在歲晚。現時我們看五六十年代的粵語電語，就經常有低下階層窮人「揼水過年」的故事情節，而小商人亦要張羅必需的流動現金。廣府話的髒話歇後語有所謂「老舉埋年」，「老舉」是妓女的別稱，稍帶不尊重的意味。妓女到年晚當然要跟嫖客算一算整年「性交易」的賬。

現時香港人對「秋後算賬」的用法，實在指有人違背承諾，反臉不認人。比如說甲犯了過失而無可抵賴推搪，乙有權懲處甲，卻向甲保證不再追究；但過了一段時間，又按照正常法理或運用權力找甲的麻煩，乙這樣反口覆舌，就叫對甲「秋後算賬」了。所謂：春生、夏長、秋收、冬藏。古人認為秋天主「肅殺」，例如樹木在秋天落葉，農作物也要適時收割。這是一年最適合抓死囚去殺頭處決的「好日子」，春夏斬頭，則有傷天和。二零一二年夏天以後，香港社會有沒有牽起「秋後算賬」之風？要判別是非，只需要問「乙方」有沒有承諾過特赦「甲方」？

在此介紹中國歷史上一次著名的「秋後算賬」，當然那個時候還沒有這樣解。那就是《三國演義》第一百零六回的〈司馬懿詐病賺曹爽〉。

當時政爭的形勢是曹爽原本與司馬懿一起受魏明帝曹

叡之託輔政，幫助小皇帝曹芳。後來曹爽架空了司馬懿，與兄弟和親信分掌政大權，逐漸有恃無恐。司馬懿與曹爽之父曹真早年亦受魏文帝曹丕之託輔政，幫助當時的小皇帝曹叡。所以司馬懿無論輩份和資歷都是曹爽的長輩。

曹爽兄弟大權在握，司馬懿又裝成老病失智，令曹爽兄弟乘失去戒心，便不聽親信智囊桓範的忠告，經常幾兄弟一起外出而沒有留下一人統兵坐鎮洛陽大本營。

司馬懿靜心等候時機，終於等到曹爽兄弟與皇帝曹芳一起去拜謁高平陵，祭祀先帝。司馬懿便乘機發動政變，跑去向太后舉報曹爽兄弟不法，這當然只是拿太后作人質藉口。

首都洛陽既被司馬懿控制，曹爽因為家人都被司馬懿劫持，寧願講和，便再次不聽桓範的上策、不肯決一死戰，妄想交出權力以換取一家富貴平安，於是桓範憤然罵曹爽兄弟如「豚犢」（小豬小牛）。當時司馬懿的全部實力已用在控制洛陽，曹爽是大將軍，又有皇帝在手，可以指揮魏國全國各地兵馬；桓範又是管糧的大司農，可以動用全國糧倉；陪都許昌又有大量軍械。論實力其實比司馬懿強，絕對可以反攻洛陽，卻錯誤選擇了棄械投降講和。

結果有「狼顧」之相的司馬懿真的「秋後算賬」，先是軟禁曹爽兄弟，並在曹爽府第的四角築起高樓，派人監視，見到曹爽走動，便高聲唱道：「故大將軍東南行。」

簡直有近世「狗仔隊」的作風。然後曹府斷糧，曹爽還要寫信向司馬懿求米和肉，否則便要一家捱餓。最後，司馬懿把曹爽戲弄個夠，才把他兄弟和桓範等「曹黨」都拿去「夷三族」，即是殺光父族、母族和妻族。沒有一個血親留在世上，日後就無人報仇。

這次政爭還有一段小插曲，太尉蔣濟支持司馬懿奪權。在曹爽猶豫未決時，蔣濟曾經寫信給曹爽，擔保曹爽人身安全，並以洛水為誓。後來司馬懿不認賬，蔣濟便要負上「誓願當食生菜」、欺騙「傻豬仔」的惡名，不久便病死了。

假如「豬黨」罵「狼黨」在「秋後算賬」。

誰會是沒有本事卻去做擔保人的「蔣濟」？

會不會還有好戲在後頭？

看官要拭目以待了。

潘按：本文在《百家文學雜誌》二零一二年六月號發表。用筆名「西樵山人」。

憑甚麼罵人「沒文化」？

香港特別行政區新一屆政府打算開設一個新的文化局，文化局長一職會花落誰家？近日社會上議論紛紛。

有人認為可以借鑑臺灣，找一個類似龍應台姑娘的「文化人」來領導文化局，以推廣文化和發展文化產業。龍姑娘由文化局長升為文化部長，香港是「地方政府」，「局」已經算最大。古人認為「文人相輕」，台灣民間公認有「才氣」的「老文化人」李敖就對「洋婦」龍局長有許多惡評。此外，又有立法委員要龍姑娘為「六四」再表態，龍姑娘表示「文化部長的龍應台」不宜多說話，「作家的龍應台」則已白紙黑字講過。於是有人認為龍部長無法堅持「台灣核心價值」。本人說龍姑娘是「洋婦」亦無誇張，因為龍姑娘的前夫是德國人。「洋婦」者，曾作洋人之婦也。

回到香港，社會各界對於文化局長的背景和履歷提出不同的要求，有評論甚至認為某些熱門人選「沒文化」。

可是，世上能有幾多「沒文化」的人？

作家做局長，詩人未必喜歡。音樂家做，雕塑家可能不滿意。

找個寫格律詩的詩人，寫新詩的可能反對。找個吹簫的演奏家，彈鋼琴的又可能有異議。

中國人對「文化」的最初理解是「文治教化」。

最早見於先秦儒家經典《易經》：「觀乎天文以察時變，觀乎人文以化成天下。」

「文」的本義是花紋圖案，先民最好用心觀眾的「文」，除了「天文」、「人文」以外，還有「地文」、「水文」等，全都有個「文」字。

《漢語大詞典》其中一個解釋，比較切合一般人理解「文化局」的「文化」：「文化……人們在社會歷史實踐過程中所創造的物質財富和精神財富的總和。特指精神財富，如教育、科學、文藝等。」由是觀之，詞典的編者認為「物質財富」和「精神財富」都是文化，而以「精神文化」為主，當中又以「教育」、「科學」、「文藝」三大項，在芸芸「等」的「精神財富」中脫穎而出，三分天下。

簡而言之，多接受「教育」的人較有文化，多懂得「科學」的人較有文化，多喜愛「文藝」的人較有文化。上學幾年、拿得幾多文憑才算「多受教育」？數、理、化讀到甚麼程度才算多懂「科學」？發表過，或者賞析過幾許作品才算多愛「文藝」？

這個向「精神財富」，尤其教育、科學、文藝傾斜的文化定義，顯然與於英語culture一詞相呼應。英語culture源於拉丁語的cultura，本義是「農業」、「栽種植物」。

於是culture一詞，還有「人的教養」和「動植物的栽育」等意義。「教育」、「科學」和「文藝」都跟現代教育學制的基礎教育掛鉤，以中國老祖宗講的「以人文化成天下」，亦即「文治教化」，就是「教育」。

於是有人擔心新的文化局會以「洗腦」為主要任務。不過「洗腦」跟「教育」有點似「一個銅板的兩面」，你認同教材內容，那就是「教育」；不認同，就是「洗腦」。

社會上，經常出現「張三」罵「李四」「沒文化」，那麼「張三」在證明「李四」「沒文化」之餘，又可以怎樣證明自己「有文化」呢？

《論語》說：「無求備於一人。」說到「文化」的疆域之遼闊，又豈是一個人能夠縱橫馳騁，三千六百般武藝，件件皆精？

就時間而言，文化有古典與現代。若再細分，古典之前還有史前；古典和現代之間有中古、或中世紀等等；現代之後，還有當代、或後現代等等。所以整全的「文化」要涵蓋整個人類文明史！

於空間而言，有東方與西方。我們中國人心目中，東方文化當然以華夏文化為主，但是如果開明一點，印度文化、日本文化等等都屬東方的一部。香港號稱國際都會，香港人號稱有國際視野，其實香港人只是普遍粗通英語。

主流香港人認識的西方文化，主要還只是「英語世界文化」。西方，至低限度還涉及其他主要歐洲文化，德語、法語、意語、西語、葡語、俄語…… 還可以旁及世五大洲的小眾文化！所以，整全的「文化」要遍及地球表面每一個角落！

於文理而言，有偏重文科（文學與藝術）或理科（科學與技術）。所以，要文理兼顧，還該在大學選修文學院、理學院合頒的雙主修學士學位，才算可以入門！

於品味而言，有高雅與通俗。文學有雅與俗，藝術有雅與俗；科學技術也有雅與俗。相對「雅」的科學技術要上大學拿個博士學位；相對「俗」的科學技術，則可以是負責設計和製作長洲太平清醮飄色的民間藝術家，這門絕藝是大學裡面沒有人懂得教。

於載體，有偏重語文或技藝。語文主要是腦袋的功夫，技藝則偏重肢體的功夫。香港過去主理「文化政策」的官僚，會把「武術」當為「文化」嗎？會敬重目不識丁的一代宗師、武術名家為「文化人」嗎？

最後還有一些文化部門屬於跨範疇的，如電影、造型藝術、音樂等等。

所謂「文化界」的涵蓋面實在非常廣泛。再放寬一點，衣、食、住、行都是「文化」。

詞典說「文化」是「物質財富」和「精神財富」的總和，

其實可以這樣修正：「一個社會的文化，就是這個社會全體成員生活的總和。」

「衣」，有服飾文化，衣料文化，旁及造形文化等等。

「食」，有飲食文化，旁及養生文化等等。

「住」，有建築文化，家具文化，室內設計文化等等。

「行」，有交通文化，汽車文化等等。

說起來，豈不是三千六百個範疇都不止？

一般人不敢公開談論的「性文化」，還可以細分為「房事文化」、「嫖娼文化」等等。

信口說某某人「沒文化」，會不會太過輕率了些？

潘按：本文在《百家文學雜誌》二零一二年六月號發表。用筆名「老派文化人」。

無恥地剝削羽毛球員

執筆之際，二零一二年倫敦奧運尚未曲終；本文面世之日，則這第一次「後京奧」的奧運已經成為歷史。

倫奧未揭幕前，有人認為二零零八年北京奧運必將後無來者。原因有兩端。一是京奧是形象工程，中南海的頭頭不惜公本，零八年之後的一輪金融海嘯，將歐美各國打擊得元氣大傷，巧婦難為無米炊，倫奧慳得就慳，可以預期必不及京奧那樣金碧輝煌。二則英國是美國的頭號附庸，保安系統又相當無能，萬一美國的仇家取易不取難，來個「恐怖襲擊」，做成大額傷亡和恐慌，那麼近百年的「現代奧運」就要劃上句號。

結果，倫奧的開幕禮沒有失禮，全球觀眾亦多好評，連耋耄高齡的「事頭婆」英女皇伊麗莎伯二世也粉墨登場，別開生面。雖然倫奧的保安非常鬆懈，但是相信大規模的恐怖襲擊不會出現。相信美國的仇家也不是蠢蛋，沒有必要為了懲戒美帝頭號走狗而開罪全世界人。

即使倫奧的排場不及京奧，結果亦不見特別失色，奧運會的主角是運動員，全世界觀眾要看的是高水準的體育競技，開幕式、閉幕式無非是主菜旁邊伴碟的小玩意。

英國運動員出人意表地大豐收，看來往後幾年英國的日子不會特別難過。有人比較過中國自一九八四年洛杉磯奧運以來，金牌榜成績與政局的關係，認為運動員成績好的話，往後幾年政局都穩定。一九八八年漢城奧運獲獎數目跟賽前預期相差甚遠，然後就有八九年的六四事件。當時，有人揚言這個政府捱不到兩年，結果這個政府捱了一個又一個兩年。這回倫奧的金牌榜，中國節節領先，坐亞望冠。不管你喜歡不喜歡，看來這個政府還可以支持許多個兩年。

奧運是四年一次的體壇盛會，不斷有人打破舊的世界紀錄，優未必勝、劣未必敗，人生原本如此。今屆最令人氣憤的，不是個別項目評判執法不公的控訴，而是中國羽毛球女雙組合于洋、王曉理被取消資格的風波。

故意打輸了比賽，在其他運動沒有問題，為甚麼羽毛球員就不許？

以舉世最重視的足球為例，最經典的是一九七四年的一屆，東道主西德在分組賽故意「放軟手腳」，敗在東德腳下的一幕。這是兩德首次在重要國際賽事對壘。西德寧願以第二名出線，是為了迴避氣勢如虹、銳不可當的荷蘭。結果西德如願以償，到了最後總決賽才遇上荷蘭，又得幸運女神眷顧，險勝二比一。

西德先敗後勝、先棄後取早有前科。遠在一九五四年的一屆，與賽前大熱門匈牙利在初賽碰頭，雖然慘敗，仍以次名出線。最後決賽再遇勁敵，險勝三比二。賽後分析，當年匈牙利的實力天下無敵，卻有點「輕試其鋒」，在不重要的賽事都用盡全力，最後決賽不在最高狀態，結果功虧一簣。這次敗績，也是匈牙利連續幾年來第一場「輸波」，就輸在最重要的皇者對決。

在足球圈沒有人罵西德，大家只能佩服德國人的「鬥智不鬥力」。

于洋、王曉理被取消資格實在非常不公平。當中國羽毛球隊囊括所有金牌之後，主教練李永波竟然厚顏地向隊員收集所有金牌，掛在他老人家那沒有承擔的脖子上，讓傳媒拍照。這樣偷取運動員的首功，甚在是無恥之尤。

于王兩個女孩故意輸波「避線」，以免過早在決賽前與隊友碰頭，保留囊括金銀牌的機會，當然是總教練下的軍令。結果出事了，李某卻置身事外，要兩個女孩負上缺乏體育精神的罪名。難過于洋在微博上說要退役。

國際羽聯的頭頭亦同樣卑鄙，他們是甚麼東西？如果不是有運動員忘我地拚搏，這是尸位素餐的老人家，又怎麼可以竊居高位，在羽毛球賽事中吸取油水？現在中韓兩隊四個女孩將一場球賽打得這麼難看，誰是罪魁？

李永波主動教唆隊員作假，還只是從犯。主犯是引入無聊分組賽的國際羽聯高層。世界羽毛球壇最高監管機構最重要的責任，是讓運動員在最公平的情況下比賽，包括確保只有水準最高的球員才可以在最高榮譽的賽事競逐冠軍，與及讓最好的球手在最後階段才碰頭。

國際羽聯的頭頭為無聊的分組賽賽制辯護，說這樣的安排是讓其他選手不致於第一賽打敗了就回家。這是荒謬的藉口，其他許多奧運項目都是採取有種子的單淘汰制，預防強手過早碰頭。那些不下場比賽的老人家沒有資格剝奪運動員出場的權利，亦不應為了水平低的庸手面子好過而犧牲強手。

羽毛球並不是一種有益健康的運動，而是激烈又容易讓球員受傷的殘酷競技。現時的賽制已經將運動員的身心摧殘到極限。今屆銀牌得主李宗偉是狂吃止痛藥才能堅持到最後一刻。于洋、王曉理已經確定出線，為甚麼不可以放軟手腳休息一下？這在足球場上沒有錯，為甚麼在羽毛球場上就算錯？即使要運動員為主教練吃了這隻死貓，可以罰款、罰以後停賽若干時間。拿分組賽第一二名取消資格，讓本該被淘汰的第三第四名出線，倒行逆施，莫過於此。

筆者不是羽毛球迷，在此呼籲全球羽毛球迷聯合在一起，票求濫判八個女孩出局的老人家引咎辭職。沒有球員的血汗，何來官員的風光，剝削了人家的勞動成果，還要假仁假義，真是無恥之尤。比李永波更甚！

潘按：本文在《百家文學雜誌》二零一二年八月號發表。用筆名「潘一諤」，此筆名為黃總代擬，取義「一士諤諤」。

高級有幾高？

最近又一次給人標簽為「高級知識分子」，煩死人了！

看來這個「洗腦式教育」真的深入民心。

上大學時首次接觸這個冗長的名詞，剛開學不久，就常有學生會的代表走入教室，說要花大家幾分鐘時間，介紹學生會的工作和活動。接下來就說我們大學生是「高級知識分子」，應該有「獨立思考」，然後說大學生應該如此如此、這般這般。

怎麼剛說「獨立思考」，然後又說要聽學生會的「教條」？如果我以「獨立思考」否定你們的「高級知識分子八股」，可以嗎？那麼，是我不夠「高級」，還是仍未學會你們講的「獨立思考」？

每次都是那些陳腔濫調，有一回，講師（那時都叫lecturer，聽上去不夠體面，現在跟全世界接軌，都叫professor）實在忍不住，笑笑口的說：「一個同學給你們浪費了幾分鐘，這裡百多個同學，耗費了我們幾多小時？」講師這也算是詭辯，拿時間這樣疊加，其實也不太公平。不過，當時同學都笑得很開心。那些學生會頭頭頂多比我們一年級新生早入學一兩年而已。香港的學校沒有這樣排資論輩的傳統，你不過當上了學生會的甚麼甚麼幹事，憑甚麼教訓我？

同學告訴我，有一回這些所謂「學生代表」又來說教，意圖向新同學灌輸他們的一套政治觀念，一位同學高聲的問那些學生會的頭頭：「你們這麼熱血，為甚麼不立刻移民北上建設，還留在這裡幹啥？」

《弟子規》有云：「聞過怒，聞譽樂，損友來，益友卻。聞譽恐，聞過欣，直諒士，漸相親。」還未滿二十歲的娃娃剛考上大學，就有人稱譽你是「高級知識分子」，這樣洗腦用的迷湯，對有些人很管用，忽然「高級」，骨頭都酥了！

後來我在八十、九十年代都曾經撰文討論何謂「知識分子」，那時曾經這樣想，如此的文章每隔幾年就要「翻炒」再寫一次。以幫助剛考上大學的小朋友抗拒「洗腦式教育」。

「知識分子」這個「物種」既有「高級」，那麼有沒有相對應的「低級」？高級與低級之間，又有沒有「緩衝」的「中級」？可以像日本人推廣柔道、空手道的辦法，分帶、分段嗎？

回憶當時學生會的洗腦教育，凡是考上了大學的年青人都自動升格為「高級知識分子」，說穿了就是一夥無知的大學生打從心底裡瞧不起沒有上過大學的人。上了大學就「高級」，考不上或唸不起的就「不高級」了。在那個年頭能夠考上大學，最主要靠考公開試的那一兩個月期間

「狀態大勇」，答卷答得合考官的「心水」，如此而已。

「高級」和「知識分子」連在一起成為「複合名詞」，看來似是「現代漢語」才有的用法。俄文版「知識分子」是英語的「intelligentsia」（我跟大多數香港人一樣，外語只粗通英語），譯為「知識階層」比較妥當。英文版「知識分子」是「intellectual」，譯為「領悟力高的人」比較貼切。

俄版「知識分子」在二十世紀初俄國大革命未發生之前，已經是社會上政經地位比較「高級」的一群，「intelligentsia」本就無所謂「高級」還是「低級」、「初級」。

英版「知識分子」是個意義鬆散的詞，沒有嚴格的、科學的「定性分析」（qualitative analysis）或「定量分析」（quantitative analysis），「高級」、「低級」（或「初級」）又從何說起？

我懷疑「高級知識分子」的提法，是一些大學教師想出來的「愚民洗腦教材」。你是大學生就很「高級」，然後聽從比你更高級的大教師的一套才可以保持繼續「高級」，等等，等等。

如果剛上大學生已是「高級知識分子」，那麼再學有專精，取得更高水平的證書、文憑或學術研究成果，又算是甚麼級的「知識份子」？

新出爐香港新高中文憑將考生的成績用數字編級，1級最低（等同不合格），5級最高。然後5級以上，天外有天、人上有人，比5級更高的是「$5^{\star}$」（民間約定俗成讀如「五星」），「$5^{\star}$」之上還有「$5^{\star\star}$」（讀如「五星星」）！

「$5^{\star}$」是「一星將軍」，「$5^{\star\star}$」是「二星上將」，日後會不會有「$5^{\star\star\star\star\star}$」？那就真的是「五星上將」了。

大學生是「高級知識分子」，考到研究院「更上層樓」的學歷，是不是要敬稱「高級星知識分子」？那麼博士就抵得「高級星星知識分子」，院士至低限度該是「高級星星星知識分子」呀！

每一次被人「封」為「高級知識分子」，總是不期然想起淮陰韓信之「恥與灌絳同列」。因為「高級知識分子」的提法，總是令我想起上大學時遇過的甚麼「學生領袖」，當中有些人仍在香港的政界宣揚那一套幾十年「一以貫之」的「洗腦教育」。看到這些玩弄文字的洗腦教育，便想起杜甫詩的「無力正乾坤」。

唯一可以做的，就是每隔幾年就寫點文章，談談俄文版和英文版的「知識分子」。

「高級」有幾高？看來唯有數一數有幾多粒星。

潘按：本文在《百家文學雜誌》二零一二年十月號發表。

明修棧道？明燒棧道！

聽文化界前輩講幾十年前做副刊編輯的規矩，凡有遇上覺得作者文章中資料有錯誤，總要撥個電話查問個明白，萬不可以未經作者同意就「幫手」修改。畢竟「書有未曾經我讀」，萬一「編輯上司」將「作者下屬」原本無錯的詞句，改得不大妥當、甚或錯誤，卻要作者負上文責，未免冤枉。

在還未有傳真機的年代，副刊發稿一般在刊出日三天之前，要改亦有餘裕。現在是電腦時代，作者可以交電子文稿，明天早上「出街」，可以今天黃昏才交稿。若有問題，要改也來不及。

近日在一篇文章中，用了「明燒棧道，暗渡陳倉」的典故，卻給編輯大人改為「明修棧道，暗渡陳倉」。難道本山人記錯了？這篇文章星期四交稿，下個星期一見報，扣除周日假期，仍算有三個工作天。而且文稿用電郵交收，比幾十年前還未有流動電話之日的通電辦法更見效。或許世界變了，舊日的規矩已拋到大西洋去。

翻查常用詞典，赫然是「明修棧道，暗渡陳倉」！

這部詞典編者解釋道：「比喻以明顯、不相干的行動吸引對方的注意，而私下採取其他行動，達成目的。」

引用的書證都是元劇，其一曰：「孤家用韓信之計，明修棧道，暗渡陳倉，攻定三秦，劫取五國。」這個孤家自然是劉邦。另一曰：「一不合明修棧道，暗渡陳倉。二不合擊殺章邯等三秦王，取了關中之地。」這卻是劇中角色指責劉邦不應從漢中出兵「還定三秦」。

現時許多資料都說韓信為了進攻「三秦王」，派少量士兵假裝重修棧道，卻率領大軍抄小路偷襲陳倉，迅速平定三秦，佔領秦國故土云云。

《史記》明明不是這麼講！

話說楚懷王（不是屈原時代那位，只是名號相同）許諾，先攻入咸陽者封關中王，又不許項羽領兵入關，結果劉邦率先入咸陽。項羽兵力最強，及後改尊懷王為義帝，獨攬大權。轉封劉邦為漢王，都南鄭（今漢中，在陝西省西南部）。將秦故地分封三個秦國降將，以章邯為雍王（領地在今陝西省中西部）、司馬欣為塞王（領陝西省中東部）、董翳為翟王（領陝西省北部）。

劉邦以實力仍未足與項羽抗衡，唯有轉向漢中，張良獻計曰：「王何不燒絕所過棧道，示天下無還心，以固項王意。」由此可知，「明燒棧道」實是「張良計」而不是「韓信計」！

張良這是勸劉邦燒掉咸陽到漢中之間的棧道，讓項羽認定他沒有爭奪關中地盤之心。

《史記》沒有直指韓信「暗渡陳倉」，只是說韓信被拜為大將之後，分析形勢，勸劉邦出兵攻「三秦」。關於陳倉，還有兩個說法。《淮陰侯列傳》說：「漢王舉兵東出陳倉，定三秦。」《高祖本紀》卻說：「漢王用韓信之計，從故道還，襲雍王章邯。邯迎擊漢陳倉……」兩個說法稍有分別，但不抵觸。韓信之計，是從故道東擊三秦，路經陳倉，而章邯亦在陳倉迎擊漢軍。

陳倉故道在今寶雞市。「明燒棧道」是張良計，指劉邦是燒了今天從咸陽市經西安市直通漢中市的棧道。「暗渡陳倉」是韓信計，指劉邦大軍繞道今天寶雞市回攻西安、咸陽一帶。既是繞道突襲，說是「暗渡陳倉」亦通。《三國演義》第九十六回有司馬懿向魏主曹叡舉薦郝昭守陳倉一節，說道：「臣已算定今番諸葛亮必效韓信暗度陳倉之計。」

修、燒音近，可能致誤，或許有好事者以為「明修棧道」是韓信計，便「補充」韓信派兵重修棧道。

詞典亦可以錯，豈可輕忽？撥個電話，或發一封電郵，又有何難？

潘按：本文在《百家文學雜誌》二零一二年十月號發表。用筆名「西樵山人」。

願小作家三貫通

作家的一支筆，可能對讀者有深遠的影響，所以文人必須要負文責，包括對讀者負責，對自己負責。

有西方學者認為凡是印刷出來的文章都屬於「文學」，這是「文學」最廣義的解法。西方又流行一種觀念，認為文學有兩大功用，第一是「有益」；第二是「有趣」。

所謂「有益」是指文章令到讀者直接得益，例如同學平時用的教科書，讀通讀熟之後，對考試升學有幫助；在職人士要將工作必需的專業知識讀通讀熟，才在可以完成任務，或者賺錢、升職、加薪。

所謂「有趣」是指文章令到讀者在閱讀之後，心情比閱讀之前更愉快。

當然，文章可以既「有益」亦「有趣」。如果一個作家的文章，既「無益」、亦「無趣」，就未免對不起讀者。

我認為這個觀點太過簡化，沒有提及時效的長短，所以不夠全面。如果文章即時「有益」、「有趣」，一段短時間之後就「無益」、「無趣」，甚至有害，作者仍然對不起讀者。

中國作家的傳統觀念，比西方同業更負責任。

唐代大詩人詩聖杜甫有名句謂：「文章千古事，得失寸心知。」

一個成功作家的作品，可能風行一時、或者流傳一代，甚至永垂不朽。所以前代作家很重視自己作品的得失，除了對當代讀者負責，亦要對後代讀者負責。

魏文帝曹丕是中國歷史上所有皇帝之中，最優秀的作家。他的《典論論文》有云：「蓋文章經國之大業，不朽之盛事。年壽有時而盡，榮樂止乎其身·二者必至之常期，未若文章之無窮。」

人的壽命與及世間的享樂都有限，文章卻可以無限。而且文章甚至可以影響到政府的運作，以至後世社會。

我要向各位小作家鄭重指出「文章」可以成為「千古事」，你未必知道你的作品日後有多流行，但你肯定粗略知道「得」與「失」。

我們身處的社會，充斥著謠言，常言道：「謠言止於智者。」各位同學能夠參加今次計劃，相信都是學界的精英，你們的平均智慧應該比一般讀者為高。我在此有一個小小的建議，將來如果你明知道某一篇文章發表之後，會對許多讀者有害，那麼請你不要寫這種文章。無論版稅或稿費有多豐厚都不要寫。

提過請各位小作家日後千萬不要做的事，現在再建議大家現在應該要做的事。

各位同學參加小作家培訓計劃，相信都有志成為一位用中文寫作的作家。一個有水準的中文作家當然必需是一個有水準的中國讀書人。我借這個機會向各位介紹一位前輩大作家的教導，他是已故中國語言學大師季羨林教授。

季老先生認為二十一世紀的青年，應該要在學問上做到「三貫通」。

第一是「中西貫通」。我們香港人這方面有些優勢，因為香港開埠百多年來，一直是中西文化交流的重鎮。不過，我要補充一點，香港人認識的西方經常局限於英語世界。各位小作家可以因應個人喜好，有餘力的話，考慮多學一門歐洲語文，德語、法語、意大利語、西班牙語、葡萄牙語都可以。這個「西方」亦不宜只限於歐美，印度文化、伊斯蘭文化亦要略為了解。

季老先生講的第二個貫通是「古今貫通」。中國讀書人要古今貫通，當然熟悉本國歷史和世界簡史。

第三個貫通是「文理貫通」。二十一世紀的年青人，不論學習甚麼專業，文學也好、藝術也好，都應該掌握最基本的數學知識。中國讀書人、中文作家亦不例外。

最後，再介紹季老先生對中國小孩兒的最起碼要求，就是背二百首詩、五十篇古文。你們立志做小作家，已經不是普通的小孩兒，期望各位同學都起碼背二百首詩和五十篇古文。越多越好。對大家寫作肯定會有幫助。

潘按：本文在《百家文學雜誌》二零一二年十二月號發表。為作者以香港作家協會副主席之職，代表會方擔任二零一二年十一月十「小作家培訓計劃」開學禮主禮嘉賓的講話摘要。

車公廟歪聯大觀

凡聯必歪

農曆年大年初二是車公誕，香港善信卻多選擇在年初三到車公廟禮拜，皆因民俗以年初三為赤口，不宜拜年之故。

有長輩吩咐我談論一下沙田車公廟的對聯，俗語有云：「精人出口，笨人出手。」長輩為人低調，這種得罪人之事，就責成我這個後輩去做。

中國文字是世上現存唯一一種仍然有許多人每天都在使用的象形文字，一字一音的特色，正正是「楹聯文化」的基礎。

對聯是高級文字遊戲，若不懂裝懂，很容易鬧出笑話。新一屆香港政府原本打算開設一個文化局，看來此局已胎死腹中，不知可以怎樣稍為澄清香港的「歪聯文化」。

需知對聯除了字數要對，「平仄」要對得工整，「詞性」亦要對得工整。沙田車公廟是「歪聯重災區」，凡聯必歪。

最令這位長輩動氣的是車公廟用了五年時間翻新，耗費公帑二千萬元，主事人竟然不知道應該要請一位真正識得吟詩作對的老師宿儒「驗貨」，先查探所有對聯有無撞板才雕刻張掛。

正門歪聯

先談正門的一副歪聯：

繞繞祥雲，融匯城門河水。

浩浩靈氣，車公鎮護沙田。

對聯要講究平仄和韻腳，唸誦起來才會聲韻鏗鏘。不論三言句，四言句，五言句，六、七、八、九言句等等都有規定格式。

對初學者最基本的要求是腳句不能錯，因為連腳句都錯，就太過礙眼。句內平仄不妥當，還有機會騙得外行人，可以蒙混過關。簡而言之，上句仄收、下句平收。如果上下句都有停頓位，上下句停頓位的平仄就要相反。

現在先談詞性。

古人研究楹聯文化有許多術語，為方便大家明白，就用現代語法的詞性分類來解釋。對聯要講究一個「對」字。上下句位置相對的字詞，詞性都要相對。名詞對名詞、動詞對動詞、形容詞對形容詞、量詞對量詞等等，這是最基本要求。其實，名詞還要分類，容後再議。

讀者諸君有了基本概念，就一望而知車公廟正門的歪聯歪在那裡。

「繞繞」疊字對「浩浩」，錯在都是仄聲，按這個格式第二個「浩」字要用平聲字。一般人未辨平仄，可能看不出毛病，詞性就「難逃公道」了。

「融匯」是動詞、亦可以當作名詞，對不上人名「車公」。

「城門」地名，亦對不不上動詞「鎮護」。

「沙田」對「河水」就可以。

沙田車公廟正門的歪論，究竟出自那位先生的手筆？

香港市民大家到車公廟一看，會見到對聯竟然無作者署名，這個不是傳統的習慣。無理由「匿名」呀！

若不信，讀者可以渡海到銅鑼灣保良局門口參觀，就能見識一家有文化的機構，必然會敦請有學問的老師宿儒撰寫楹聯，方才是直正愛護與重視中華民族的優質文化。對聯寫得好，亦要有署名才可讓觀者知道應該讚美那一位文士。

二進歪聯

沙田車公廟正門二進的對聯原本放在舊車公廟正門，改建重刻後放在二進。其聯曰：

車轉普天下，般般醜心變好。

公扶九約內，事事改禍為祥。

此聯將車公兩字嵌在上下聯第一字，是「嵌名聯」中的「鶴頂格」。上聯「好」字仄聲收，下聯「祥」字平聲收，算合格。上句第一頓「下」字仄聲，對應的下句第一頓「內」字亦仄聲，應該平仄相反才合律。用平聲字代替「下」字比代替「內」字較佳。

詞性方面，「車轉」對「公扶」同樣「名詞」加「動詞」，勉強算通。「普天下」就對不上「九約內」。

若不論平仄，「天下」對「九約」亦算詞性相同，不過香港地區一個小小的「九約」，有甚麼資格跟代表全中國的「天下」對應呢？至於「醜心變好」對「改禍為祥」，更屬亂來！單論詞性，「心」對「禍」、「好」對「祥」都馬馬虎虎算可以，「醜」對「改」就離晒大譜了！

側門歪聯

沙田車公廟耗費二千萬元公帑，用五年時間重修，當為重要旅遊景點，可是歪聯實在太多，簡直「失禮街坊」！來自大中華圈的旅客見此等歪聯，怕會瞧不唔香港人，加重香港是「文化沙漠」的醜陋形象。

側門歪聯是：

晨鐘振奮工商界

暮鼓黃昏報平安

讀者如果幼讀唐詩，是否會覺得上句頗為順口呢？

因為上句的平仄合格，是為：「平平仄仄平平仄」。

這樣的上句就限定了下句要用：「仄仄平平仄仄平」。

可惜下句第六字「平」字屬平聲，平仄不合格，術語叫做「失律」。

七言句的平仄，其實容許有少少變化。

例如：「平平仄仄平平仄」第一、三字其實可平可仄，老師教學生寫詩寫對聯，就會教「可平可仄平平仄」這句口訣。以下四個都合格：

（一）平平仄仄平平仄

（二）仄平仄仄平平仄

（三）平平平仄平平仄

（四）仄平平仄平平仄

這樣平仄格式的七言句唸誦出來就既順口、亦順耳。

這個格式的下句，限制就比較大，第三字必須平聲。只第一字可平可仄，以下兩種格式都合格，順口兼順耳：

（一）仄仄平平仄仄平

（二）平仄平平仄仄平

詞性方面，「晨鐘」對「暮鼓」當然通，不過將一個常用四字成語拆開放落上下聯，就不算真正創作而是抄襲，偶一為之尚可，經常這樣就貽笑大方。此外，動詞「振奮」對不上名詞「黃昏」。還有「工商界」三字是複合名詞，「報」是動詞，「平安」是複合名詞。詞性對仗不工整，術語叫「失對」。既「失律」、亦「失對」，當然是歪聯。

八字歪聯

車公廟內還有一八字歪聯，正好借來談談四言詩與四言聯的基本平仄格律，其聯曰：

運轉乾坤，天地交泰。

神威浩蕩，風車騰雲。

四言詩的格律比較簡單，如果押平聲韻，只需上句仄收、下句平收。押仄聲韻，就要上句平收、下句仄收。對聯就限定上句仄收、下句平收。

有人認為四言對聯第二字都要限制，與句腳相反才可以。以類似這個前四後四的八言聯而論，寬鬆的平仄是：

可可可平，可可可仄。（上句）

可可可仄，可可可平。（下句）

但是不可用「四平句」或「四仄句」。

嚴格的平仄是：

可仄可平，可平可仄。（上句）

可平可仄，可仄可平。（下句）

「風車騰雲」四字都是平聲，無論用寬或緊的格律都失律。

上聯「運轉乾坤」、「天地交泰」都是常用成語，寫詩作對聯全部襲用成語熟語也不是不可以，但用要全用。若只用一兩句，等於中學生、小學生做功課時抄功課。現在上聯兩句都抄襲，修辭就不合格了。

詞性方面，這副歪論嚴重失對，可說是牛頭不對馬嘴。讀者可自行查考。

鐘樓歪聯

談到車公廟第五副歪聯，正宜順便介紹七言對聯的第二個格式，即：

仄仄平平平仄仄，

平平仄仄仄平平。

因為第一、三字其實都不限，所以口訣是：

可仄可平平仄仄，

可平可仄仄平平。

鐘樓歪聯是：

山川鐘靈天作合

人間至寶地動車

兩個七言句合起來語無倫次。

先講平仄，現在是：

平平平平平仄仄，

平平仄仄仄仄平。

因為上句三四五字平聲，下句三四五字仄聲。要改，只好改為：

可仄可平平仄仄，

可平可仄仄平平。

上聯第二字平聲「川」要換一個仄聲字，下聯第六字仄聲「動」字要換一個平聲字，這樣就可以改字最少而達致合律。

車公廟歪聯，都是既失律、亦失對。讀者至此都應該懂得分辨失詞性是否失對。

「山川」是兩物，「人間」是一物，不成對。

「鐘靈」不通，應作「鍾靈」，作者可能只識簡體字而不諳正體字，將兩個「」混淆起來。「鍾靈」是形容詞，怎對名詞「至寶」？

「天作合」對「地動車」，簡直引人發笑！

可能作者認為「天」對「地」，「作」對「動」，「合」對「車」。

「作動」？你以為是產婦臨盆？

「合車」？粵曲的曲調有「合尺」，口語讀成「河車」，難道作者對粵曲一知半解？抑或用「合」字的古義，與「盒」通同，當名詞用來對車公廟內的「風車」、或者廟外馬路上的「汽車」？

鼓樓歪聯

香港沙田車公廟，現在由民政事務局與華人廟宇委員會管理，兩個機關的芸芸負責人之中，居然無人識寫對聯，亦無人識得會寫對聯的人，實在是嚴重失職。

鼓樓歪聯是前七後四的格式：

風調雨順鑑神恩，斯民安泰。

國盛物豐得聖朝，中華承禧。

平仄的要求應該各自按四言句、七言句的平仄。

「風調雨順鑑神恩」順口，平仄是「平平仄仄仄平平」，合律。

可是按照最基本的「馬蹄韻」，「恩」字平聲，「泰」字仄聲；「朝」字的位要仄聲，「禧」字平聲。現在「朝」字是平聲，就不合「馬蹄韻」。下聯七言句撞板撞到七彩，「中華承禧」是「四連平」。亦是「失律」失得很難譜！

至於這副鼓樓歪聯失對之處，各位讀者至此都應該識得如何指正匿名作者，就當為給大家一個新春假期的小習作吧。

六副歪聯，有五副的作者不按傳統署名，亦算聰明。若讓人知道這些所謂「對聯」出自閣下手筆，正一「醜過遊刑」矣！

潘按：本文在《百家文學雜誌》二零一三年二月號發表。二零一五年中，某報報導沙田區區議員曾向華人廟宇委員會發書面提問，得到的回覆是「對聯」由「扶鸞」得來，屬呂祖先師所賜，基於尊重宗教信仰與傳統，不適宜改動這些對聯云云。可惜該報作者沒有向潘國森查問！華人廟宇委員會實在厚誣呂祖先師！呂祖先師名喦（一作巖），字洞賓，以字行。唐代道教重要人物，民間敬為「八仙」之一。呂祖先師中過進士，當然會做詩！他的作品在《全唐詩》收錄甚多。在此引其中一首七律〈贈羅浮道士〉：「羅浮道士誰同流，草衣木食輕四侯。世間甲子管不得，壺裡乾坤得自由。數著殘棋江月曉，一聲長嘯海山秋。飲餘回首話歸路，遙指白雲天際頭。」當中頷聯（三、四句）和頸聯（五、六句）對仗工整（包括詞性和平仄格律），足證呂祖先師是「會家子」，今時今日香港車公廟的歪聯，真是厚誣前輩、有辱斯文了！

「ADC藝評獎」失誤平議

先前，香港藝術發展局（Hong Kong Arts Development Council）公佈第一屆「ADC藝評獎」結果，惹來頗多惡評。主要集中在賈選凝的金獎作品〈從《低俗喜劇》透視港產片的焦慮〉。

本文對於證據不足的臆測不予置評，只談論一些非常明顯而可以避免的嚴重失誤。

失敗的徵文比賽

「ADC藝評獎」設金銀銅三獎，單憑一篇不超過三千五百字的短評取決，當然是一種「假、大、空」的惡劣作風。

全個活動花了港幣二十萬，六十人投稿，三人獲獎，只是一個獎例偏高的平庸徵文比賽。

先看原先設定的計劃的「一目的、四目標」：

本局舉辦「ADC藝評獎」的目的是希望發掘具潛質的藝評人才，並達致以下目標：

（a）提升藝評人的地位及藝評的寫作水平；

（b）表揚優秀的藝評；

（c）鼓勵更多具潛質的藝評人積極寫作；

（d）加強公眾對藝評的認識和興趣。

四個目標都沒有合格，高一層那「一個目的」自不可能完滿達成。

先看目標：

（一）只提升了前三名參賽者的地位，對所有落選者的「寫作水平」沒有絲毫幫助。

（二）只表揚了三位得獎人，其餘五十七人的作品縱然可能也算優秀，都被冷漠地「投籃」！

（三）只鼓勵三位得獎人，其餘落選人即使有潛質也得不到少許讚賞，如何能積極？假如個別落選人認為自己的作品不遜於三位得獎人，卻感到有冤無路訴，他的創作熱誠更會大受打擊。

（四）既然有六十份作品，難道除了頭三名之外，都不值得推介？藝術發展局的網頁具有無限的篇幅，不似中學作文比賽那樣，會因為校刊校報的印刷成本所限，只能發表少數優秀作品。

由是觀之，四個目標都沒有好好達成。「發掘具潛質的藝評人才」的「希望」就有點渺茫，整個計劃的「成本效益」就成疑了。

建議下次再辦同類徵文比賽（如果還有第二屆的

話），應要稍為更改現時的做法：

（甲）每一位參賽者都應該受到評審員的評語，那怕只是一百幾十字。有優點的讚一兩句；有短點的指點一兩招，這樣參賽者才有實益。現時費用二十萬，獎金佔八萬。如果評審員要增收「評審費」，只要參賽者能夠得到名家個別指點，即使落選而無獎金，卻因受教而提升寫作水平，得益可能大到無法估量。

（乙）除了得獎者之外，再加部份優秀的落選作品放在「ADC藝評獎」的網頁展示。

這兩個簡單的建議，不會大幅增加計劃的開支，又能更有效達成計劃的四大目標。

還落選者一個公道

林沛理主席解釋獎金偏高的原因：

「ADC藝評獎」的宗旨，是提升本地藝評人的地位，所以決定頒發較高的獎金給金銀銅獎的得主；亦希望此舉有助改變以數豆人的心態（bean counter mentality）、每字賺取多少稿費的狹隘標準來衡量藝評價值的普遍想法。

這第一屆安排金獎五萬、銀獎兩萬、銅獎一萬，其餘參賽者得個「鴨蛋」。

為甚麼金獎是銀獎的兩倍半、銅獎的五倍，而銀獎又是銅獎的兩倍。有甚麼道理在？

是否反映了，金獎作品兩倍與銀獎有餘、銀獎又兩倍於銅獎？

筆者認為應該是主事人「求求其其」，敷衍了事。

現時香港「市場」上的藝評文章，稿費由每字數角至數元之間。金獎三千五字得五萬元，是十四元一個字；銀獎五元七角一字；銅獎兩元八角一字。

筆者愚魯，不識「數豆人的心態」有甚麼大錯，只是生平參加比賽、旁觀人家舉辦比賽，希望比賽賽例能夠公平而合理。

假設競爭很激烈，頭十名的得分是98、96、94、92、90、88、86、84、82、80。這時第四、五名高分的參賽者只得個鴨蛋實在不幸，但是礙於賽例，也只好如此。我相信如果藝術發展局能夠在網頁上增撥篇幅，讓這是名列前茅的作品也可以跟讀者見面，說不定會有報刊雜誌的編輯會找落第的遺材約稿呢！

又假設，比賽水平甚低，頭十名的得分是90、60、59、58、50、44⋯⋯，那麼第四名自是不幸，而所謂「銀獎」、「銅獎」都成了「假、大、空」，對得獎者有害。當然，看過評審團的評語，銀、銅獎得主的作品水平都很高。但是第四名、第五名呢？

一般中學的徵文比賽，因為獎品都是象徵式，不會惹來旁觀者責備。例如冠軍獎購書券五百元，亞軍三百元……優異獎五十元，大家圖個高興而已。現在這個「ADC藝評徵文比賽」的獎金高得異常，再加全程黑箱作業，封殺了公眾和落選者最基本的知情權，難怪輿論嘩然！

林主席指出「每位評審的評分在總評分中佔相同比重」，那麼金、銀、銅獎是憑六位評審評的「實分」總和取決。

既有實分，就應該公佈。

有評論認為其中一位評審也斯先生已過身，公眾無從得知也斯先生對金獎作品的實際評價。為了還他一個公道，應該公佈六位評審對所有六十名參賽者的評分。當然，為了尊重參賽者的隱私，這事應該先徵求其他參賽者的同意。

因為獎項和獎金安排「畸型」，令到整個計劃不能達到原先希望之目的。

在此建議，如果還有第二屆的話，金銀銅獎的獎金差異應該收窄，還應該增設若干優異獎。例如冠軍二萬、亞軍一萬八……優異獎三千之類，那麼即使名列前茅的作品惹爭議，公眾也不至於如此反感。

如果六位評審給予三位得獎人這麼高的評價，筆者以常理推斷，其餘五十七份落選作品中，必定也有優秀的作品。

八個領域六位評審

有評論質疑評審團有徇私之嫌，按「疑點利益歸於被告」的普通法法治精神，筆者認為類似指控可以告一段落。倒是要討論一下評審團的成分，共六人：

- 藝發局藝評組主席林沛理先生
- 嶺南大學比較文學講座教授及著名作家梁秉鈞（也斯）
- 亞洲週刊總編輯邱立本先生
- 皇冠出版社總經理麥成輝先生
- 前香港理工大學中文及雙語學系助理教授及專欄作家黃子程博士
- 快樂書房主編潘麗瓊女士

筆者不了解六位評審員在「藝評」方面的專長何在，只是不了解六位評審是否已涵蓋「藝術發展局評審員制度」的八個領域：

舞蹈

電影及媒體藝術

音樂

文學藝術

戲劇

視覺藝術

戲曲

跨媒介/多媒介藝術

藝術發展局的網頁還指出：

音樂方面會包括中樂、西樂、聲樂、現代音樂的專才；舞蹈則包括芭蕾舞、中國舞、現代舞、民族舞、土風舞的專業人士；而視覺藝術則包括中國書畫、篆刻、西方平面（油畫/版畫/漫畫/水彩畫/素描）、設計、立體（陶藝/雕塑/玻璃）、攝影、裝置藝術、混合素材、新媒體、建築專才等。

為免對將來第二屆的評審不公，連累他們受公眾質疑而致無人願意坐這個「三煞位」，有關方面應要進一步向公眾解釋挑選評審的準則，讓公眾能夠確定或相信各個藝術領域的專家都網羅在內。

年齡歧視

這個「徵文比賽」只限年滿十八歲而不超過四十歲的香港居民參加，這顯然是用了西方思維。

中國人傳統以三十前為「少年」，三十至五十前是「中年」，五十以後是「老年」。現代西方則習慣將「青年」（youth）定義為不足四十周歲。東西方對年齡的劃分有文化差異在，無所謂優劣。但是「藝評獎」既然要「發掘具潛質的藝評人才」，為甚麼要在年齡設限？

假如有一個業餘藝評人過了四十歲才開始學人寫藝評，算他七十歲才大致退休，他的藝評生命至少還有三十年，藝術發展局依據甚麼道理，要判定這個年逾四十的中年人下半生都不會有前途？

這是不折不扣的「年齡歧視」（Ageism）！

藝評是純粹「腦力勞動」，不似「女性化妝品推銷員」（滿臉皺紋的老太婆怎能叫賣去皺膏？），或是「童裝模特兒」（你不能叫一個五十歲的阿伯穿校服唱兒歌，某醫生除外）。

建議第二屆不設年齡限制，常言道：「活到老，學到老。」如果長者有意加入藝評人的行列，公職人員掌握了支配公帑的權力，為甚麼不能給長者多一個參加文化藝術活動的機會？

餘音

林沛理主席抱怨：

「ADC藝評獎」選出金銀銅獎，三篇作品的選材、行文和評論角度皆大相逕庭。到目前為止，討論只一面倒集中在金獎得主的影評，對另外兩位得獎者並不公平。

筆者「憂讒畏譏」，為證明也有看過另兩篇得獎作品，應要評論一下。

看過趙曉彤的銀獎作品〈如何舞文、為何弄影——評雲門舞劇《九歌》〉，沒有意見。梁偉詩的銅獎作品〈疾病的隱喻——周耀輝《假如我們什麼都不怕》〉赫然有「西西是香港首屈一指的作家」一語，那就未免「為識者笑」了！評審團的評語有：「文章具備扎實的文學理念，提供完整的論述。」

如果作者在「西西是香港首屈一指的作家」之前補上「個人認為」之類，才不算武斷，也不必「提供完整的論述」。單憑這「信口開河」的一句，就應該扣許多分，除非作者能夠用三數十字解釋為甚麼「西西是香港首屈一指的作家」。

潘按：本文在《百家文學雜誌》二零一三年四月號發表。直至二零一五年十月，香港藝術發展局的網頁（http://www.hkadc.org.hk/）仍未見有第二屆「ADC藝評獎」的任何消息，難道已經無疾而終？局方似乎應該交代一下。

握住父親的手

（一）

握住父親的手，過去從來沒有跟父親這樣親密過。

對上一次是甚麼時候握住他的手？

實在沒有任何印象，大概少年以後就沒有吧。母親的手倒是經常手拉手的拖著，這一二十年來，與母親出外就經常這樣。

家父家母共有三子三女，我排行最幼。小時候，香港一般老式店舖都沒有甚麼每周例假，每星期休息一天是基督教的傳統。大抵到了七十年代，香港政府才正式立法，陸續執行勞工每周享有一天有薪假期的新法例。

那個年頭，家家都人口浩繁，總是稍為年長的兄姊幫忙照顧弟妹，我雖然是老么，父親那時「星期一做到星期七」，早出晚歸，那有餘裕陪我玩？記憶中，好像沒有試過給父親拖著手上街到那裡去。

唸小學的時候，我家搬到父親任事那店舖的樓上二樓，姑丈是老闆、姑母是老闆娘。父親午飯或晚飯的時候，遇上店內有甚麼事情要父親處理，姑母就會走到街上，向二樓呼叫，父親或探頭出窗回話、或逕直下樓去。後來安裝了當時算是很先進的對講機，就不必姑母再勞動那瘦弱的身軀跑到街上，安坐在櫃檯就可以呼喚弟郎。

不過我既是老么，還是有些「特權」。年紀很少的時候，父親與母親晚上偷閒到電影院看西片，也曾帶過我同去，只記得大銀幕上一個金髮艷女的大頭特寫，那些英語對白我自然不知所云了。有時在店裡做功課，偶然會央求父親給我做點剪紙當玩具。平日有母親和兄姊照料我的日常起居，記憶中就只有一回鬧肚痛，家中只有父親、五兄和我，父親用生油為我揉肚子。

(二)

父親向來身體健康，諸事都能夠自理，到了八十幾歲還在「勞動」。忽然有一天中途回家，說很累要休息，於是翌日我就陪他去醫院檢查，還約了已出嫁的三姊同往。

門診的醫生說父親貧血，要留院觀察。

過了一天，主診醫生召集了我們幾姊弟，在父親跟前宣佈情況，說腫瘤已擴散。原來現在醫院的做法跟我們心目中所想不一樣，會在更早期讓病人知道自己的實際情況。

醫生說得既含蓄亦坦白，說此時的情況沒有甚麼治療能夠搞，可以讓病人喜歡到那處就去那處、喜歡吃甚麼就吃甚麼。父親知道之後，也處之泰然，反正甚麼電療、化療、外科切除手術都不必考慮。不過，為了能夠正常進食，還是要做些小手術。

手術位置在腹部，父親的胸腹是不宜亂碰。那就只好握住他的手。病人半睡半醒的時候，有旁人握住他的手，可以給他安全感，讓他知道有人在旁相伴。

握得久了，就想到還可以給他「捏十指」。

這是以前從書本上學來的，辦法是用拇指和食指捏每一跟手指指甲的兩側十下，然後用指尖輕刺近指甲處的手指頭十下。若是給自己捏，自是左手捏右手、右手捏左手。如果給人家捏，就可以一手的拇指食指拿住手指，另一手的拇指食指去捏。然後，每次探望，父親都示意我為他「捏十指」。

(三)

又想起相傳清高宗乾隆帝的「十常四勿」，其中有一項「足常摩」，辦法是用手心摩擦腳心，每回一百下以上，要求手心的勞宮穴與足心的湧泉穴相接。但是父親躺在床上，我不論站還是坐都不容易使力，後來就放棄了。還是捏十指算了。

此時才臨急抱佛腳要父親學那甚麼「十常四勿」，一則太遲；二則乾隆皇也只是活到虛齡八十有九。父親已經八十有八，即便壽如乾隆，也只是多一年而已。

父親的病情發覺得這麼遲，真算有幸有不幸。不幸者，是肯定錯過了治療的時機，確診之後，只是等日子；所幸者，不必受現代醫學技術的治療之苦。電療、化療都會大幅降低生活質素，身體會虛弱，會很痛；外科切除手術則要捱刀。

父親逐漸半昏半睡的時候多過清醒，遇上他昏睡的時候，就只能握住他的手和捏十指，偶然幫他捏捏腿、搓搓腳心，便感覺到父親一天一天的消瘦。那一天，父親稍為清醒，堅持要刷牙，服侍他刷過牙之後，又半昏半睡了。

(四)

雖然做過小手術，父親還是未能正常進食。我們決定不讓他插喉向胃中灌食，一來插喉很辛苦，二來他已經開始用手扯掉靜脈輸液的喉管。醫生說，此時就是等到他不能再從靜脈輸液以後，靠自己體內的養份維持下去。我們都明白，說句坦白而難聽的話，是在等「餓死」。原本打算讓父親回家小住數天，但是父親始終很虛弱，只能出院一次到附近的酒家「飲茶」。

有一晚，經驗豐富的護理人員叫我姊跟父親道別，我姊說這話實在講不出口，只能對父親說，我們明天再來探望他。

翌日父親就離世了，當時有一子一女一媳在側。在他住院期間，家人都盡量分配時間，好使探病時間都有人在側陪伴。然後，妻、兒、女、媳、婿、孫都齊集，護理人員為父親更衣，闔家再看最後一面，此時父親已身在一隻大塑料袋中，最後由我拉上拉鍊。

看護助理說父親的求生意志很強，甚為罕見。

(五)

父親名汝根、長大後更名健清，字泰源。由「發病」到離世，不足一個月時間。享年八十八，遺下結縭逾六十年的老伴與眾兒孫。

父親是鄉黨鄰里公認的好好先生，母親說姨媽和舅父都盛讚父親「好人」，他本人的兒媳婦與女婿都視之如父。我們族中長輩卻間有評父親「怕事」，其實怕事也有怕事的好，怕事的人肯定安份守己，做人處事都不會有非份之想。母親說，父親常有言：「眾事莫理，眾地莫企，無事返歸。」這個「地」，口語音讀「deng6」，屬「靈釘韻」。父親生前亦常自嘲：「近來學得烏龜法，得縮頭時且縮頭。」我常想，父親實在有道家的「無為」作風。雖然沒有甚麼可足稱道的事業，一生人最高只做過一個小掌櫃，平凡人而矣，但是一家人得獲蔭庇，亦是個稱職的丈夫與父親。

據族中長輩講，父親年輕時做過一件蠢事，那時他在一家西藥房擔任掌櫃，然後來了一個學歷資格都比他高的人。父親竟然退位讓賢！現在回頭去看此事，可以有兩種截然不同的理解。一是蠢，為甚麼要讓人？一是智，乘早讓賢，總比忌才暗鬥更為上策。

這不足一個月的日子裡，握住父親的手時候，比過去幾十年還要多出許多倍。男人的感情總是比較內蘊，不須有憾。父親離去，我還滴不夠一滴眼淚呢！生老病死，佛家視為四苦，無人能夠迴避。家母說：「好生不如好死。」父親這最後歲月，痛苦甚少，平素得兒孫敬愛，算是「老福老壽」。

潘按：本文在《百家文學雜誌》二零一三年六月號發表。

保良局楹聯巡禮之一

(一)

詩歌是文學的一大枝，楹聯是中國詩歌獨有的一部。楹聯建基於漢字一字一音節的特色，現存世界各民族的文學都有詩歌，卻不能有楹聯。詩詞裡面常有聯句，但是詩聯、詞聯的格律和對仗比楹聯為寬。二十世紀中國語言學大師王力教授認為格律詩中的五言聯有四字對得工整即可，七言聯則是五六字工整亦可。但是楹聯要字字工整。

在香港文學的領域裡面，楹聯文學該是頗為受到冷待忽略的部門。香港開埠一個多世紀，常被外省人、外國人譏為「文化沙漠」，然而鑪峰腳下的楹聯還在，合該一一訪尋。

保良局是超逾百年的老號，初期以保赤安良為宗旨，多年來服務香港。其總部座落於香港銅鑼灣禮頓道，就是個楹聯大寶庫，值得向讀者介紹一二。

沿禮頓道向東行，首先會見到慶祝一九六九年（歲次己酉）保良局西翼大樓落成的對聯，剛好在某大學社區書院之旁。舊建築物改建，難免會影響原貌，想當年這副楹聯必然刻在美觀的牌坊之上，現時所見，只剩切割下來的長條石塊，其聯曰：

保赤安良，為庇子煢增廣廈。

承先啟後，歷興庠序育英才。

下款為：「區建公書時年八十三」。區建公先生（1887-1971）是香港著名書法家，小時候所見，香港市面上店鋪的招牌，泰半出自區公手筆。一般楹聯若只提書者而不提作者，通常就是作者自書。楹聯的楹，是指中國舊建築裡面大廳堂的直柱，要掛一副長聯才夠體面。楹字從木，因為這些大柱多是木造。後來大門外或牌坊亦要有楹聯，牌坊要抵擋日曬雨淋，便要刻石。

這聯的格式上四下七，按聯律七言句必須遵從格律詩的平仄。四言句一般是「可平可仄」、「可仄可平」兩種句式，「可」即是用平聲字或仄聲字都可以。上下聯分成兩個短句，就要按「馬蹄韻」。上聯腳句是「平仄」（良字平聲、廈字仄聲），下聯的句腳而「仄平」（後字仄聲、才字平聲）。

上聯的「子煢」（粵音「蝎鯨」），是倒裝詞，一般作「煢子」，解作「孤獨無依」，區公為配合詩律，就將入聲字「子」和平聲字「煢」調一調位。「庠」，粵音「牆」，庠序都是古代學校之稱，《孟子・滕文公上》：「夏曰校，殷曰序，周曰庠。」

區公這副對聯，日復一日有大量學子路經，但是有沒有誰會注足觀賞？這些同學的老師又會不會講解聯意？

現在這副對聯看守住保良局總部西閘，閘門以閉為常。筆者多次經過都見污水橫流，看來這個閘門專供垃圾車進出。因為從上了鎖的閘門內望，見有好幾個大垃圾桶和垃圾房。筆者常想，這閘門附近的「衛生」是否可以搞得好些？

(二)

再往前行，就是禮頓道六十六號的正門，是個大牌坊，大閘亦常關，閘後有石級直上大樓所在。

牌坊共有三副對聯，最外的一副是「癸酉孟夏」、「順德溫肅」所題：

公是公非，將重見汝南月旦。

毋枉毋縱，亦庶幾海外雲司。

溫肅（1879－1939），廣東順德人，光緒二十九年（1903）癸卯科二甲第一百二十五名進士，官至監察御史。這一科是一九零零年庚子八國聯軍之役以後第一次重開殿試，一九零一年辛丑和一九零二年壬寅的兩科都合併於此。一九三三年歲次癸酉，立夏之後、芒種之前都屬孟夏之月，相當於公曆五月上旬至六月上旬之間。

溫翰林這副聯有點怪，平仄且不論，內容總覺得不對題。「汝南月旦」用漢末許劭的典，許是汝南郡人，每月的初一（月旦）品評當世人物，後世便以「月旦」為「品評人物」的代稱。許劭最膾炙人口的「月旦」，自然是評曹操為：「治世之能臣，亂臣之奸雄」。至於「雲司」則指朝廷執掌刑法的官員。「汝南月旦」、「海外雲司」跟保良局的工作有何關係？是不是有誰讓溫公生氣？是、非、枉、縱之間，背後有甚麼不為人知的故事在？

作者讀書不多，見識淺薄，就聯說聯，只能存疑了。

（三）

牌坊三聯裡面中間的一聯是：

庶幾萬度歡顏，大庇痌瘝徵定保。

無使一人失所，勤宣德意重循良。

下款題為：「民國二十一年壬申，順德岑光樾撰並書」，即是一九三二年。

岑光樾（1876-1960），光緒三十年（1904）甲辰科二甲第二十四名進士，清末官至四品。岑翰林是溫翰林的同鄉兼後輩，甲辰科是中國最後一次科舉，岑公剛好趕上「末班車」。岑公早在二十年代就到香港講學教書，二次大戰時香港淪陷期間回鄉，戰後又回港，保良局總部現存楹聯，以岑公的作品最多。

此聯格式前六後七，顏字平聲、保字仄聲；所字仄聲、良字平聲，合馬蹄韻，還將保良兩字嵌在七言句的句腳，是為「雁足格」。上聯用典較深，「痌瘝」（粵音「通關」），指痛苦、患病之人。「徵定保」則用《書·胤祉》的典：「聖有謨訓，明徵定保。」這兩句意指聖人謀劃的訓導，為世明證，所以安家定國。按聖人之道，庇護痛苦病患，自然見數以萬計貧民的歡顏。而下聯的首句重伸不會聽任一個「痌瘝」流離失所，而「勤宣德意重循良」亦合於聖人的「謨訓」。

聯意比前輩溫公的作品更切合「主人家」（保良局）的工作性質。

(四)

一個大牌坊如果有多副楹聯，當以放在最內的一副最為吃重。保良局正門這副「首聯」的作者地位更高。其聯曰：

藉眾擎以作室堂，有奇花繞砌、嘉樹崇階，
培植要同名節重。
師前事而安弱小，看少婦歡顏、孩童鼓腹，
追維共仰法規良。

此聯作於1930年（庚午），下款題為：「朱汝珍書」。

朱汝珍（1870-1942），廣東清遠人，1904年甲辰科一甲第二名進士，世稱「榜眼」，也就是說朱翰林是中國最後一位榜眼。民間傳說，這一科原本是朱公中狀元，但是他既姓朱（明朝國姓），大名中又有一個珍字，而慈禧甚憎恨珍妃，所以「革掉」朱公的第一名（一甲第一名即狀元）。劉春霖因為名字吉利，就成為了末科狀元云云。這個傳說對劉公甚不公平，因為殿試的考卷糊名，此說不可信。朱公在香港之日，創辦了香港孔教學院，又曾受聘於香港大學。

此聯是七、九、七的句式。第二句再分前五後四。按三句聯的馬蹄韻，上聯腳句要「平平仄」，下聯則是「仄仄平」。上聯「堂」、「階」都是平聲，「重」（讀如重要的重）仄聲；下聯「小」、「腹」仄聲，「良」平聲。

榜眼公此聯，確是鶴立雞群，牌坊上諸聯之首，字數要夠多，方才好看兼體面。岑公、溫公會不會深自謙抑不與朱榜眼競勝呢？當中有沒有甚麼文壇的規矩？當非識淺如筆者可以理解。

朱公上聯先寫景，末句才講「培植」，樹花木亦喻樹人，所以要講「名節」。下聯頌保良局的實務，「鼓腹」指飽肚。

（五）

現在保良局正門亦是常關，看來當年營造之時，汽車還未普及。從正門牌坊進入保良局，還要走一段石級，今天便覺費事。現時保良局只開東門，那是六十年代所建，進了東門牌坊，有車道直達總部大樓。

因為正門和西門常關，要看牌坊的後面，就只能從東門入，經過花園才可以到達。正門牌坊有一橫匾，民國二十五年（1936）丙子，蘇世傑書，題為：

慎思明察

「慎思」，當出自《禮記‧中庸》：「博學之，審問之，慎思之，明辨之，篤行之。」至於「明察」，令人想起「明察秋毫」，語出《孟子‧梁惠王》：「明足以察秋毫之末。」但這個有貶義，蘇公可能用《孝經》：「天地明察，神明彰矣！」

蘇世傑（1883-1975），廣東四會人，革命家、書法家、收藏家。蘇公這個題詞，待遇可比前清翰林低得多。在正門大閘未常關之前，來人要先經過牌坊才有機會看到「慎思明察」四字，現在要繞道「深入腹地」才可以得見。

保良局楹聯尚多佳構，下回分解。

潘按：本文在《百家文學雜誌》二零一三年十月號發表。用筆名「西樵山人」。

自由、Liberty與Freedom

生命誠可貴，
愛情價更高。
若為自由故，
兩者皆可拋！

上引的五言詩，據說出自匈牙利詩人裴多菲（Petofi, 1823-1849）的語錄或詩作，前賢翻譯成中文。詩人領導一八四八年匈牙利革命，企圖帶領匈牙利王國（Kingdom of Hungry）脫離奧地利帝國（Austrian Empire）的統治。

好事之徒每每將中譯版的「生命」、「愛情」和「自由」隨意掉換，以反映不盡相同的人生觀、價值價。如有人改作：

自由誠可貴，
生命價更高。
若為愛情故，
兩者皆可拋！

天子不得自由！

當代香港人講「自由」，離不開「言論自由」、「宗教自由」之類，當然還有紐約是著名的地標「自由神像」，與及美國獨立戰爭時期那「不自由、無寧死」的口號。

差不多四十年前，有許冠文作詞、許冠傑作曲兼主唱的《鐵塔凌雲》：

鐵塔凌雲，望不見歡欣人面。
富士聳峙，聽不見遊人歡笑。
自由神像，在遠方迷霧，山長水遠未入其懷抱。
檀島灘岸，點點燐光，豈能及漁燈在彼邦？。

俯首低問，何時何方何模樣。
回音輕傳，此時此處此模樣。
何須多見復多求，且唱一曲歸途上。
此時此處此模樣，此模樣。

歌曲以法國巴黎鐵塔命名，但是曲中浪子的遊蹤還包括日本富士山，美國紐約自由神像和夏威夷檀香山的海灘。不知何故，總是覺得歌詞的重心在自由神像而不在巴黎鐵塔，離家浪遊當然屬「自由」的生活體驗，然後最後還是要回歸自己的老家。

外國人講自由，中國人也講自由。

隋文帝楊堅（541-604）就有「吾貴為天子，而不得自由」之歎。《隋書・文獻獨孤皇后傳》記載楊堅的老婆獨孤皇后（544-602）善妒，不許老公有別的女人。有一回楊堅寵幸了故北周忠臣尉遲迥的孫女。獨孤皇后等到楊堅上朝聽政，乘機殺了他心愛的小美人。楊堅得知慘劇，大怒之下一個人乘馬出宮，直入山谷。大臣高熲、楊素擔心大老闆會做出傻事，急忙追出去。出宮二十餘里，才拉住皇帝的馬韁，苦苦勸諫，楊堅便吐出了以上名言。

貴為天子，而不得自由！

由，有原由義，如「因由」，這是同義並列的格式，如常用成語「咎由自取」。還有俗諺「大富由天，小富由儉」，認為大富出自天賜，小富出自個人節儉。

由，又有聽從義，如「聽天由命」，這也是同義並列對應的格式，聽與由同義，天與命又同義。「聽天由命」，即是聽從天命之義。「身不由己」即是身體不能聽從個人意志。

傳統上，中國人理解的「自由」是：「可以按個人的意願行事而不受外力約束。」隋文帝楊堅喜歡有小老婆，卻受制於正妻獨孤皇后的阻礙。到了獨孤皇后駕崩，才有兩年的「自由」。

卻原來，我們活在二十世紀下半葉的香港人，比皇帝還有更多「自由」！

自由：Liberty

今天香港人講「自由」，主要借用英語，於是有「兩種自由」。

「自由神像」英文名叫「Stature of Liberty」這個「自由」顯然跟「解放」（liberation）。中華人民共和國的「人民解放軍」就以「People's Liberation Army」作為英文名。

「Liberty」這種自由，專指人因受壓迫、受束縛，便思追求擺脫枷鎖，成功了就是得到「自由」。例如前賢將美國獨立戰爭時期的宣傳口號翻譯成「不自由、無寧死」，原句就是：「Liberty or Death」。通常「Liberty」只給受壓迫的人爭取，不受壓迫的「自由人」（freedman）無需再求這種「自由」。

「Liberty」還有另一個同源字叫香港中學師生談虎色變，就是中學文憑試的必修科「Liberal Studies」（這在香港叫「通識教育」）。當中的「Liberal」有自由義、開明義、理性義，非常複雜，惡性的「liberal」則有放縱義。現時「通識教育」這個「怪胎」科目，已見過渡「自由」，至於失控。具體情況是：

（一）老師在課堂「自由」講課，無範圍、無準則。

（二）公開考試的試題「自由」，擬題員隨便出題，何者為對、何者為錯，都是一言堂。

「Liberal」還可以解作「不精確」、「不嚴格」，屬於貶義。今天香港的「Liberal Studies」就是「不精確」、「不嚴格」！

自由：Freedom

上世紀八十年初上大學的時候，那些學生會的頭領鎮日價向新生推銷「民主、自由、人權、法治」，甚為討厭。後來我成為公認的「反對派首席發言人」，抗衡學生會頭領的獨裁濫權，是題外話，不贅論。這八字咒語中的「自由」，實指「freedom」而非「liberty」。

說到「freedom」，自然要講「四大自由」。那是美國總統羅斯福（Franklin Roosevelt）在一九四一年一次演說中首次提出。一般譯為：

（一）言論自由。

（二）信仰自由。

（三）免於貧困的自由。

（四）免於恐懼的自由。

這個提法未盡完善。

第一個「freedom」其實是「Freedom of speech and expression - everywhere in the world」（言論及表達自由）。

「學術自由」（Academic freedom）、「集會自由」（Freedom of assembly）、「結社自由」（Freedom of association）、「資訊自由」（Freedom of information）和「新聞（出版）自由」（Freedom of the press）等等，都由這個「自由」引申出來。至其未流，香港今時今日部份「學術自由」、「資訊自由」、「出版自由」可以變異為「說謊自由」和「造謠自由」。「集會自由」和「結社自由」，亦有轉化為「犯法自由」！在美國，「言論自由」（或該是「表達自由」）甚至成為宣淫色情電影行業的護身符！

第二個「freedom」的原文是「freedom of every person to worship God in his own way - everywhere in the world」，譯成中文該是「每個人都有自由用自己的方法崇拜神」。羅斯福這個說法不脫基督信仰本位，並針對主流教派，至其末流是為「邪教」流播推波助瀾！

第三個「freedom」是「freedom from want」，然後解釋主要在講經濟。英語片語「free from something」實指「無某某之憂」。所以這「freedom from want」實為「無貧困之憂」！這樣依實際文意去翻譯，雖則語意更精確，卻造成「四大」不齊整。

今年英國政府開始收緊國民福利，主要針對新移民，要求他們參加英語考試，合格之後才可以享用某些福利。美國人講「無貧困之憂」（俗譯「免於貧困的自由」）也不會惠及國內的非法移民，或南部墨西哥邊境的偷渡客。

第四個「freedom」是「freedom from fear」，實為「無恐懼之憂」。具體要求國際裁減軍備武器，假如沒有一個國家有過於強大的軍事力量，世界各國各民族都無須恐懼被別國別族侵略。

現實是人類社會進入了二十一世紀之後，美國仍是肆無忌憚的滅國無數。包括伊拉克，先是以該國擁有大殺傷力武器，算是危害他國的「freedom from fear」，然後卻沒有發現甚麼，伊拉克人民算是白死了。

字尾dom有範圍義

美國人善於宣傳，經常講一套、做一套。

美國的立國精神在於略奪他國他族的資源，這個思維可能跟原宗主國英國有關。普通法有所謂「逆權侵佔」（adverse possession），那是很荒唐的價值觀，卻可以成為侵略的借口。

從上述羅斯福講的「四大自由」，可見此後歷屆美國總統都以雙重標準看待。

美國政府瘋狂截取公民及盟邦領袖的通訊，與及造謠對付敵國政要都是踐踏最廣義的「言論自由」。就是羅斯福本人，在位十多年，卻對國民隱瞞身患殘症，一直不能站立而要坐輪椅。當時美國人又有何「資訊自由」可言？

針對其他國族的宗教，是踐踏廣義「信仰自由」。

發動戰爭，滅人邦國，造成他國嚴重人命傷亡。

英語字尾「dom」其實有範圍義、限制義。如「kingdom」（王國）指「king」（國王）的管治範圍，離此管轄區，則「king」也不能管。歐洲歷史上王國林立，如無戰爭，國與國之間的領土不可侵犯。

「Free」可以說是無界限的自由，「freedom」則有「界限」，離此界限就不受保障。

「言論自由」（包括「學術自由」）不應該包括「說謊」和「造謠」，要得「自由」，就要堂堂正正面對旁人公平、公正、公開的質疑。

今天香港許多大學、中學、小學的教師都經常用「言論自由」、「學術自由」來掩飾自己的失誤。

孟子說：「無矩不能成方圓。」

《易傳》說：「天地節而四時成。」

自由，自由！幾許罪惡皆假汝之名而行！

單單「自由」兩字，背後就有許多學問。何況八字咒語還有「民主」、「人權」和「法治」呢！

潘按：本文在《百家文學雜誌》二零一三年十二月號發表。

陰陽與邏輯

「邏輯客」的邏輯

因為互聯網日趨流行，過去十多年便常有機會與「背景不明」的網友交流意見。如此這般跟陌生人討論任何問題，經常甚是浪費時間。有時會遇上少不更事的「白面書生」，這些小朋友「教訓」他人之時特別無禮，罵人之時亦特別兇。近年香港年青人頗受「爛口民主派」影響，侮辱異見人士就更不手軟了（網上留言都是用鍵盤打字或手寫板，不必說出口）。

偏生潘某人生平好「闢謠」，這倒不是為了說服對方，只是為了避免旁觀者受到誤導。這樣，不知消耗了幾許光陰。

網上比試時最常遇上的「招術」，就是「邏輯」。

「邏輯」這兩字很管用，對方不願意反駁我的「證據」和「推論」，又或者看不明，再或者不屑看。最簡單的「辯論法」就是訴諸「邏輯」。

這類網民，無以名之，姑且稱為「邏輯客」。

例如：

潘國森：有「證據」顯示，「甲類型」的人，比「不是甲類型」的人，「較多」做出「A類型」的事情。

邏輯客：潘國森，你敢說「每一個甲類型」的人，「全部都會」做「A類型」的事嗎？你懂不懂「邏輯」？

這裡特意將以上常見的對話的「字眼」用「引號」括起來，以利讀者。

通常，我特別指明我有「證據」，證明「甲類人較多做出A事」，這本來是個「統計問題」。

「邏輯客」可不管，他不提「證據」，在百眾眼前把我講的「甲類人較多做出A事」，按其私意竄改為「所有甲類人都會做出A事」。

居然還有臉罵我「不懂邏輯」！

天理何存？

潘某人自少受不同時期各老師的教誨，常常記住「有一分證據，才可說一分話」的金科玉律。除非是朋友私下聊天，否則都不敢信口胡扯。白紙黑字發表的文字如是，網上留言亦不敢亂說。只是證據雖在，但是網上的留言區多有不便，總不能每次都三句一按、五句一註。偏生有些狂妄的「邏輯客」總是大剌剌的要異見人士，從「盤古初開」，一直解釋到眼下目前。有些證據我在已刊行的單行本或報章雜誌介紹過，「邏輯客」又可以說：「你潘國森自說自話而已，你是甚麼權威？你有甚麼格？」

醫生只是說「較多」

如果是胸肺科西醫又怎樣？

可能出現類似的對話：

某醫生：有「證據」顯示，「吸煙」的人，比「不吸煙」的人，「較多」死於「肺癌」。

邏輯客：醫生，你敢說「每一個吸煙」的人，「都會」死於肺癌嗎？

西醫說「吸煙者」死於肺癌的比率，遠高過「非吸煙者」者。「證據」就是社會醫學（community medicine）的統計數據，他們拿某個國家或地區（通常是歐美富裕國家，他們的統計做得比較詳細）的肺癌死者資料來做文章。計出每十萬個「吸煙者」死於肺癌的比率，再跟「非吸煙者」的數字比較，結果相差以倍數計，就會得出上述結論。

今時今日，香港人普遍相信，吸煙者而得肺癌，是吸煙之過；不吸煙者而得肺癌，則是吸「二手煙」之過。當然，不會任何一位香港西醫會告訴你：「每一個吸煙的人都會得肺癌！」只是各種反吸煙宣傳總在暗示「吸煙一定減壽」。於是，許多煙民會反駁：「吸煙就一定短命？不吸煙就一定長命？」

世事無絕對。有吸煙者長命，亦有不吸煙者短命。

不是說「較多」嗎？

當然，患肺癌的原因很多，吸煙只是其中一個「高危因素」。各種各樣的空氣污染亦可以引起肺癌，但是現時香港西醫界和環保團體頗有轉移視線之嫌，倒好像軍癌與空氣污染無關。這個不是本文要討論的重點，就此打住。

「證據」之有與無

香港在港英時代不再執行死刑，近年台灣社會有呼聲反對執行死刑。這類意見通常會標榜兩件事。

一是先進國家都沒有死刑。（先進？先進！）

二是政府沒用權剝奪人的性命。（殺人兇手倒有權了！）

按照西方的刑事法觀念，懲罰犯人有四大目的。

一是阻嚇，即重罰可以阻嚇其他人效尤。

二是報復，就是古代「殺人者死」的一套哲學，現代可以理解為「懲罰之輕重與罪行相應」。

三是預防，把罪犯關進監牢，起碼確保他在囚期間不再犯法害人。

四是教育，剝奪罪犯自由，期望犯人在被囚禁期間改過，將來不再重犯。

執行了死刑，阻嚇、報復和預防都做了，而且預防得徹底，只是犯人再無改過自新的機會。故此反對死刑的意見常有「人權家」的光環。

「人權家」進而否定死刑有阻嚇作用：

人權家：沒有「證據」顯示，「執行死刑」可以「減低」社會上「兇殺案」的發生率。

潘國森：有「證據」顯示，有個別殺人犯是明知「沒有死刑」而行兇殺人。

「人權家」翻來覆去引用歐美國家過去的「研究報告」，總是從統計學上論斷，指「沒有證據」顯示「執行死刑」有助於「減低」一國的「兇殺案發生率」。這樣的比較實指「沒有可觀差異」（no significant difference）。

我說「不執行死刑」會鼓勵少數罪犯殺人，卻有事實根據，近年不只一次有殺人兇手坦言，正正是明知殺人不用填命，才會下手殺人！（台灣曾有報道）

如果要從「邏輯」入手，我們也可以爭辯，曰：「這研究說『沒有證據』顯示執行死刑『可以』減少兇殺案，卻不是『有證據』顯示死刑『不可以』減少兇殺案呀！」

「有證據」對「無證據」。

「可以」對「不可以」。

「增加」對「減少」。

「邏輯家」懂這個嗎？

數理邏輯與陰陽

筆者大學本科學工程，高中時主要學數理（其實也有學文史），為了這個「初始學歷」，頻年以來頗受白眼。文學院的可能笑我不通文史；哲學系的或會譏我不識邏輯。

秀才遇著兵，有理說不清！

實情是我們這個年紀的老人家，大學預科時（五年中學，兩年預科，三年大學）要修一科純數學，那時課程繁重，要學「數理邏輯」（mathematical logic）。今天許多小朋友自學「邏輯思辯」，其實幾個簡單數學概念都未弄清！

例如：

「所有」——約等於all、全部、全體；等於100%，沒有例外。

「有些」——約等於there exist some、一部份；多於0%，少於100%。

「較多」——約等於most of、大部份、過半；多於50%，通常少於100%。

「較少」——約等於to a less extent、少部份；多於0%，少於50%。

「沒有」——約等於none；等於0%，也沒有例外。

近日每次在互聯網上的討論區，遇上我說「較多」而被歪曲為「全部」的「邏輯客」，都感到十分無耐，難道還可以從小學英文的all、some教起？

再講陰陽。

香港有一個半世紀的英國殖民史，英國以聖公會為國教。香港的教育傳統難免受到英國基督教文化影響。其中一個結果，是香港小孩認識歐美基督教文化過多，認識中國傳統儒釋道三教文化過少。

儒家和道家都講陰陽，陰陽是中國特有的二元哲學，可以移用來講「邏輯」。

陰與陽是對立面，萬物都分陰陽，而且可以分成幾個層次的陰陽。

《易傳・繫辭》：「《易》有太極，是生兩儀，兩儀生四象，四象生八卦，八卦定吉凶，吉凶生大業。」

《老子》：「道生一，一生二，二生三，三生萬物。」

兩者有何關係？

太極如道，道生一。

二的一次方仍是二，兩儀。

二的二次方是四，四象。

二的三次方是八，八卦。

陰陽這套中國式二元論，可以怎樣幫助今天香港的「邏輯家」？

「有證據」對「無證據」。

「可以」對「不可以」。

「增加」對「減少」。

不就是三組不同的「對立」？不就是三個不同層次的陰陽？

贊成、反對、不贊成、不反對

中國人講陰陽。

兩儀甚簡單，是陰儀和陰儀。

四象是兩層陰陽，分別為：

陽中之陽，老陽（或稱太陽）。

陰中之陰，老陰（或稱太陰）。

陽中之陰，少陰（本質屬陽，但有陰的性能）。

陰中之陽，少陽（本質屬陰，但有陽的性能）。

兩儀、四象、八卦可以談得很深入，但是我們用來講簡單邏輯，就要簡化一點拿兩重陰陽來講。

第一重是贊成和反對。

第二重是有或是沒有說不。

比如讀者告訴身邊的人，有打算做一件事，旁人最基本的反應，當然是「贊成」和「反對」。這是一重陰陽，可以視為近似「兩儀」。

如果「一生二」呢？

變成「四象」，就要加「不贊成」和「不反對」。

「不反對」就是「贊成」嗎？

「不贊成」就是「反對」嗎？

當然不相同，否則就不需要「兩儀生四象」了！

姑且虛構一例。

話說小明報大學時打算不學醫而去讀歷史，家人對此有不同意見，為清眉目，列為一表：

意見	第一層陰陽：肯定與否定	第二層陰陽：贊成與反對	四象分析	實際應用
贊成	肯定（陽）	贊成（陽）	陽中之陽（老陽）	明確贊成
反對	肯定（陽）	反對（陰）	陽中之陰（少陰）	明確反對
不贊成	否定（陰）	贊成（陽）	陰中之陽（少陽）	少許反對，但不想負責
不反對	否定（陰）	反對（陰）	陰中之陰（老陰）	無意介入，這不關我事

第一個意見是積極地「贊成」，持這個意見的是「小明之兄」，他的態度積極而負責。如果小明放棄學醫而去學歷史，將來遇上困難，哥哥可能會拖以援手。日後小明因學歷史而得到甚麼大成就，他會感到非常自豪。如果小明學了歷史而一生貧窮，哥哥在能力範圍之內，會照顧小明。如果小明被迫學醫，然後一輩子不快樂，就證明哥哥有遠見。

第二個意見是積極地「反對」，持這個意見的是「小明之父」，他也為自己的意見負責。他的理由，離不開讀歷史沒出息，做醫生有途之類。如果小明堅持學歷史，這就等於公然與父親過不去。即使小明做了著名歷史學者，爸爸也不喜歡。日後若有困難，爸爸不會幫忙，甚至有可能在小明報歷史系之後脫離父子關係，或者經濟封鎖。

第三個意見是「不贊成」，出自「小明之母」。這個不字可圈可點，其實也是「有點反對」，只是不及其父之強烈。這裡的「不贊成」，可以理解為媽媽不大懂得上大學的事，不敢代小明決定。只是感覺到歷史系畢業可能無以維生，不及當個醫生那麼穩當。小明如果挑了歷史系而不順利，媽媽仍有可能暗地裡幫小明的忙。因為媽媽「沒有贊成」小明讀歷史，日後有甚麼差池，爸爸也不能怪她「慈母多敗兒」！不是說過「不贊成」嗎？

第四個意見是小明之姊的「不反對」。這個可以理解為「負負得正」，或者是「溫和的贊成」。不過，落到實際應用，這「不反對」其實也有「我不會為這意見負責」的意味。將來小明讀了歷史而潦倒是他的個人抉擇；被迫讀醫而不快樂也不能怪罪到姊姊的頭上去。

除了上述「兩儀生四象」之外，其實還可以有第五種意見。

例如祖母因為自覺年老少識，對小明打算棄醫學史一事，並無意見，「既無反對、亦未贊成」！

小結：多層陰陽對立

回到死刑的爭論，可以有以下幾層陰陽對立：

（一）「贊成」還是「反對」執行死刑？

（二）執行死刑「可以」還是「不可以」改變兇殺案發生率？

（三）死刑之存廢，會「增大」還是「減少」兇殺案發生率？

（四）這意見「有」還是「沒有」證據支持？

因為不想寫得太長，討論總得告一段落。

以上所論，只是運用多層次陰陽對立觀點，去處理我們日常會遇到的爭論。

中國陰陽，可以輕易破解今時今日在香港最常見的「邏輯思辯」。

其實，可以問那「邏輯客」一個很簡單的問題：「你有證據證明我錯？還是沒有證據證明我對？」

潘按：本文在《百家文學雜誌》二零一四年四月號發表。

橫戍點成戌中空
——治史理當識干支

見橫當點成甲戌

西元是二零一四年，對應中國干支紀年的歲次為甲午年。當代合格的中國讀書人，應該知道一百二十年前的甲午年（一八九四年），中日戰爭以中國慘敗告終。戰後的《馬關條約》，規定清廷割讓台灣行省，展開約五十年的日治時期，中國同時喪失作為朝鮮宗主國的地位。此後日本人盤剝台灣的寶貴資源，再加戰勝國日本從戰敗國中國取得現銀賠款高達兩億三千萬兩，錢、糧、原材料、勞工（亦是奴工）源源供應，還有日本貨物在中國享有免稅優惠。凡此種種，都令日本經濟起飛。一九一零年，日本吞併新成立在朝鮮半島的韓國，又多了一大片殖民地，那是後話。

今年再逢甲午年，香港竟然有年青人揚言希望中日再開戰而中國再敗，以求達到他們幻想的新秩序，怪哉！早幾年前，有大學教授批評現今香港中學的中國歷史科沉悶，並舉其寶貝兒子上中國歷史科時睡覺為例，作為廢除中國歷史科的有力佐證。現時香港許多中學在初中課程已不設中史科，國史教學都納入「初級人文學科」（Junior

Humanities）之內。

香港的「集體運輸鐵路」近年大展拳腳，數道並進，工程延誤頻生。「集體運輸鐵路」是古老叫法，英文為Mass Transit Railway，今天其中文名已改為「港鐵」。其中沙中線（沙田至中環線簡稱）土瓜灣站有重大考古發現，據報有多達二百多處遺跡，其中有千年歷史的宋代方形古井。看情形，恐怕香港政府會為趕工要不顧破壞文物，惜哉。

六月某星期日，偶看電視台一個新聞評論節目，訪問一位在香港研究宋代史的大學教師，此君介紹西貢大廟灣的宋代石刻。忽然間，電視機傳出叫筆者大為震驚的四個字，曰：

「咸淳甲戍」！

然後，一而再、再而三重覆！

便想起小時候學過的口訣：

橫戌點戍戊中空。

「戌」字，戊字中間加一橫，是地支第十一位，粵音讀如「恤」（soet7），陰入聲。

「戍」字，戊字中間加一點，解作守衛，常用詞有「衛戍」、「戍邊」，粵音讀如「庶」（syu3），陰去聲；亦有轉讀如「鼠」（syu2），陰上聲。

「戊」字，為常用字「茂」去掉草頭，是天干第五位，粵音讀如「務」（mou6），陽去聲；不可讀如「貿」（mau6），陽去聲。

「甲戌」當成「甲戊」，聽來非常礙耳，治中國歷史豈能不識干支？

六十甲子再重逢

黃帝號稱中華民族始祖，相傳他命史官大撓作「甲子」，即是用十天干和十二地支來紀年、月、日、時。

十天干是：甲、乙、丙、丁、戊、己、庚、辛、壬、癸。表列如下：

序號	1	2	3	4	5	6	7	8	9	10
天干	甲	乙	丙	丁	戊	己	庚	辛	壬	癸

十二地支是：子、丑、寅、卯、辰、巳、午、未、申、酉、戌、亥。表列如下：

序號	1	2	3	4	5	6	7	8	9	10	11	12
地支	子	丑	寅	卯	辰	巳	午	未	申	酉	戌	亥

奇數序號屬陽，偶數序號屬陰。陽干配陽支、陰干配陰支，不相混淆。

天干由甲數到癸，是一至十，第十一回到甲，餘此類堆。地支也是如此，子是第一，然後是第十三。於是乎，天干配地支就是六十個天干一個循環。列表如下：

序號	1	2	3	4	5	6	7	8	9	10
干支	甲子	乙丑	丙寅	丁卯	戊辰	己巳	庚午	辛未	壬申	癸酉
序號	11	12	13	14	15	16	17	18	19	20
干支	甲戌	乙亥	丙子	丁丑	戊寅	己卯	庚辰	辛巳	壬午	癸未
序號	21	22	23	24	25	26	27	28	29	30
干支	甲申	乙酉	丙戌	丁亥	戊子	己丑	庚寅	辛卯	壬辰	癸巳
序號	31	32	33	34	35	36	37	38	39	40
干支	甲午	乙未	丙申	丁酉	戊戌	己亥	庚子	辛丑	壬寅	癸卯
序號	41	42	43	44	45	46	47	48	49	50
干支	甲辰	乙巳	丙午	丁未	戊申	己酉	庚戌	辛亥	壬子	癸丑
序號	51	52	53	54	55	56	57	58	59	60
干支	甲寅	乙卯	丙辰	丁巳	戊午	己未	庚申	辛酉	壬戌	癸亥

由「甲子」數到「癸亥」，是天干第一位配地支第一位，數到天干第十位配地支第十二位，於是又回到「甲子」。此所以，每隔六十年，歲次（一天干配一地支）就會重逢。

今天西元二零一四，歲次甲午（在上報序號三十一）。上一次甲午便是一九五四年，韓戰剛在前一年結束。再上一次甲午是一八九四年，即是前述的「中日甲午戰爭」，

西元與中國的干支紀年沒有關係，各自為政。上一次甲子年，是一九八四年，對香港人來說是個難忘的年份，這一年中英簽署聯合聲明，標誌著香港進入「過渡期」，

等待一九九七年（丁丑）回歸中華人民共和國。

對上一次甲戌年，對應一九九四年，每減六十年，仍是甲戌。減去七百二十，就得出西元一二七四年。咸淳甲戌，即宋度宗咸淳十年，歲次甲戌。一二七九年，南宋就正式滅亡。

上表在許多工具書都有收錄，讀者諸君如對中國歷史有興趣，應該隨身攜帶。一九八四是甲子，一九八五是乙丑；一九九四是甲戌；二零零四是甲申；二零一四是甲午。很容易算出任何西曆年對應的中國干支歲次。

戊戌辛亥宜知曉

回到先前那位研究宋史的香港某大學教師，聽他在電視節目侃侃而談，其口音當時廣東人，或許曾在香港長期生活。

為甚麼會將「甲戌」（恤）讀成「甲戌」（庶）？

難道他年輕時沒有聽過長輩講「戊戌政變」或「戊戌維新」？

那是清光緒二十四年戊戌（西元一八九八）的短暫政治改革運動，又稱「百日維新」。

「戊戌」和「辛亥」是當代中國讀書人不可不知的干支紀年。

清宣統三年辛亥（西元一九一一）的「武昌起義」、「辛亥革命」導致中國二千餘年帝制結束。

中國自一九一二年民國元年起改用西元，此前的史書、筆記小說多用干支。若不識干支，讀史書會有困難。清代還有些年份常用干支，如一九零零年庚子八國聯軍之役，一九零一年的《辛丑條約》。入民國之後，許多中國人拒絕西化，《甲寅》雜誌，即是國民黨早期領導人胡漢民在日本所辦，甲寅年即民國三年（一九一四），聰明的讀者應該已知道西元年份凡尾數是四的，都是甲年。

許多年前，香港作家項莊先生在他的專欄文章中提到「一九八零年庚申變法」，見報後給編者改為「一八九零」！可能那位少不更事的編輯以為只有清代才可以變法，二十世紀則不能。實情是項先生在評論鄧小平主導的「開放改革政策」，一般認為是一九八零年正式開展。如果「肇事」編輯知道一九八四年是甲子，按上表逆推，當知一九八零年才是庚申，一八九零年卻是「庚寅」，聰明的讀者亦應該知道西元年份凡尾數是零的，都是庚年。

甲四庚零記心中

將序號改成近代年份，表列如下：

序號	1984	1985	1986	1987	1988	1989	1990	1991	1992	1993
干支	甲子	乙丑	丙寅	丁卯	戊辰	己巳	庚午	辛未	壬申	癸酉
序號	1994	1995	1996	1997	1998	1999	2000	2001	2002	2003
干支	甲戌	乙亥	丙子	丁丑	戊寅	己卯	庚辰	辛巳	壬午	癸未
序號	2004	2005	2006	2007	2008	2009	2010	2011	2012	2013
干支	甲申	乙酉	丙戌	丁亥	戊子	己丑	庚寅	辛卯	壬辰	癸巳
序號	2014	2015	2016	2017	2018	2019	2020	2021	2022	2023
干支	甲午	乙未	丙申	丁酉	戊戌	己亥	庚子	辛丑	壬寅	癸卯
序號	2024	2025	2026	2027	2028	2029	2030	2031	2032	2033
干支	甲辰	乙巳	丙午	丁未	戊申	己酉	庚戌	辛亥	壬子	癸丑
序號	2034	2035	2036	2037	2038	2039	2040	2041	2042	2043
干支	甲寅	乙卯	丙辰	丁巳	戊午	己未	庚申	辛酉	壬戌	癸亥

一九六六年文化大革命，當年歲次丙午，前人認為歲次逢丙午、丁未，都是壞時年，稱為「紅羊劫」，下一次「丙午丁未紅羊劫」在二零二六、二零二七，還有十多年。

再過二十年到二零四七年，是一九九七之後五十年，即「五十年不變」期限屆滿的一年。上表沒有2047，減六十為1987，歲次「丁卯」。「八十後」一九八七年出生的小朋友，到時六十年甲子重逢，不知會是甚麼樣的光景。

那時，香港會不會有大學教師「己巳不分」？

這個又有口訣：

開口己，埋口巳，半口已。

潘按：本文在《百家文學雜誌》二零一四年六月號發表。

緣結金庸半百年

從謝賢南紅到張瑛白燕、白彪米雪

我在上世紀七十年代中首次看金庸小說，但是與金庸小說結緣，還可以再上推數年至六十年代末。那時香港只有兩家收費電視台，麗的（即是今天的亞洲電視，簡稱ATV）歷史較長，無線（全名為電視廣播有限公司，簡稱TVB）則剛開台不久。記得無線當時大張旗鼓的播影機集《神鵰俠侶》電影，男女主角是謝賢和南紅（原片一九六零年首映）。我家還未安裝接收無線電視的天線，只能收看麗的電視的節目。那時我家住在上環水坑口街與荷李活道之交，水坑口街這條小街在香港歷史上大有名堂，號稱香港最早的街道，英文叫「Possession Street」。顧名思義，在百多年前原是一條水坑，引太平山上的水，注入香港島與九龍半島之間的天然深水港。英國人未奪得香港島之前，其軍艦曾在此補給食用淡水，故以「佔領角」（Possession Point）命名此地。水坑口街以北的地面，都是開埠以後填海所得。

我家下的地舖是我姑丈經營的紙料店，先父在店內當掌櫃，事實上等於今天的總經理。水坑口街另一面是我表嫂一家的雜貨店，不過兩家結親是很久以後的事，姑丈姑母早逝，都無緣飲那杯「新婦茶」。因為表嫂家的店有安裝接收無線電視節目的天線，那時街坊鄰里關係良好，大人打好招呼，讓我過去店面看這齣《神鵰俠侶》。可是那時我年紀少，臉皮薄而怕生，在那邊有坐立不安之感，結果戲沒有怎麼看就跑回家。此後，電視台沒有再重播這系列電影，到了今天，互聯網上資訊流通便利，仍只能間中找到一兩張劇照而已。

未讀金庸小說原著之前，接觸最多以金庸小說為題材的電影，是張瑛白燕的《倚天屠龍記》，一九六三年首映，二人演張翠山、殷素素，算是「前傳」。後來還有林家聲、陳好逑、陳寶珠分別飾演張無忌、趙明（「修訂二版」才改稱趙敏）、周芷若的「續集」，一九六五年首映。印象中「續集」沒怎麼在電視重播過，「前傳」卻大一再翻映。當年張瑛、白燕已是年逾四十的中年人，在大銀幕上飾演比自己實際年齡年輕二十多年的角色！兩位巨星在這部電影中的表現，身段絕對不行，張瑛背已微曲、白燕則嫌過於豐滿。演技則無問題，五官看上去還可以，這個相信跟黑白電影能為演員藏拙有關，畢竟黑白電影（包括相片）比彩色的同類藝術品多了幾分朦朧美。彩色電影則過份逼真，近年有高清技術，演員就更加「不許人間見白頭」了，化妝弄不好，容易老態難掩。石堅飾演的金毛獅王謝遜則是一絕，堅叔身裁不夠高大，跟原著頗有出入，但是最能發揮角色的人物性情，許多年後金庸題了「神堅如石」四字贈給這位「永恆的金毛獅王」。據說張瑛只是掛個名當導演，實際導演工作由蕭笙叔負責，後來有緣與蕭笙叔合作，的是奇緣，此乃後話。

七十年代中，香港多了一家免費電視，就是只運作了幾年的佳藝電視（簡稱佳視）。佳視一出，香港電視業進入了「三國時代」，競爭非常激烈。蕭笙叔為佳藝監察的《射鵰英雄傳》一鳴驚人，捧紅了男女主角白彪和米雪，直至今天，我心目中郭靖、黃蓉的形象，仍是立刻聯想到他們兩位。差不多同時，無線電視傾全台之力，推出《書劍恩仇錄》，這齣劇則要過了許多年之後某一個颱風襲港之夜，才在深夜重播時段得以一看。正正因為這齣《射雕英雄傳》電視劇，展開了我走進金庸筆下世界的一頁，由此引起的金庸學研究，也就成為我有生以來其中一個很重要的讀書計劃。

金庸小說中最重要的幾部，每隔幾年就有新的長篇電視劇或電影面世。從製作人的角度來看，翻拍金劇很省事。故事和編劇已有完整的大框架，人物情節又膾炙人口，編、導、演都有個底，不需要怎樣從新模索和開拓，收視賣座都有相當保證。但是從作者本人和資深忠誠老讀者的視角來看，則是全無新意，有些水準以下的作品，甚至有煮鶴焚琴之嘆。

或許拍成黑白兩色會比彩色更佳，起碼選用主角少了許多麻煩，不怕男女主角太醜的譏評。金庸小說改編為電影電視，似乎還是用水墨寫意，遠勝過工筆寫實。

結緣於金庸學

此後我研究金庸小說、刊行多部金庸學（舊稱金學研究、金庸小說研究等等）專論的事，談過許多遍，在此從略。

九十年代中，文雋兄請我到他的電台清談節目做訪問，主題是我另外的書。他是電影界「多棲動物」，編、導、演都有染指。節目中，他順道談談金庸小說的事，問我有沒有跟其他也是研究金庸小說、發表過相關書籍和文章的作者交流，我回應道沒有，且一位也不認識，從來都是孤家寡人光棍兒一條。那時確實如此。

這個情況很快就打破了，此後結識了楊興安兄，頗有過從。又跟項莊叔叔通過訊，並隔空交流切磋。董千里先生，據說是「金庸四大好友」之一，項莊是其筆名，取「項莊舞劍，志在沛公」的典。項莊叔叔曾寫道，看金庸電視劇，見乾隆皇開口講廣東話，感覺很怪。這個我可從來沒有想過！優秀的中國文學作品，每每能打破地域界限，大江南北各省各地的讀者都用自己的方言母語來讀。

金庸小說亦不例外，因此就從來不覺得《書劍恩仇錄》裡面出現「乾隆皇講廣東話」有甚麼問題！項莊叔叔在香港生活數十年，卻沒有學會像個樣的廣東話，亦有其道理在。講得不好而多講，本地人可能看你不順眼，乾脆不講，就讓身邊的本地人自行遷就協調便是。

有一回，項莊叔叔笑說我「年輕人事事認真，眼中容不得沙子」，這本來是長輩告誡後輩的一句話。不過，「潘年輕人」這就跟項莊叔叔「認真認真」一番。「眼中容不得沙子」，實在是正常生理反應，總得要用淚水將沙子推出眼眶而後快！否則，沙子或會磨損眼球，弄不好有失明之虞。因此叔叔一番好意，只好心領了。結果與項莊叔叔緣慳一面，不過大家同時而生，有過交流，不需有憾。

可以自誇益友

近年間有以「我的朋友查良鏞」七字入文，又給他另起了「小查詩人」的新稱呼，這些故事也講過多遍，這回要加點新材料。

《論語・季氏》：「孔子曰：『益者三友，損者三友。友直，友諒，友多聞，益矣。友便辟，友善柔，友便佞，損矣。』」早年香港有人認為「金學研究」都是拍馬屁云云，當然是笑話一樁。潘某人在「小查詩人」跟前，當然與「多聞」二字無緣；跟他見面不多、交情不深，亦談不上朋友之間的「諒」，不過一個「直」字就當之無愧。所以，可以自我吹擂一下，項莊叔叔名列「四大好友」，潘國森則可以自封「三分一個益友」而不臉紅。

潘某人稍有「小段皇爺」（讀者對《天龍八部》主角段譽的敬稱，區區在下發明）的性格，「性喜好管閒事，評論是非」，自必然「得罪人多，稱呼人疏」。近年「江湖上」（實際是互聯網上）頗有人編派我「喜歡批評名人以博上位」。笑話！你們這副德性，「名」得過金庸嗎？過去幾十年來，潘某人批評「小查詩人」最多，無非是日常的「文學批評」，上得了甚麼位？總因「江湖上」有些人被我批評了，實在無詞以對，便轉移視線，以此謊言哄住自己的擁躉。以「小查詩人」為例，假如有誰胡亂批評了他，還會有好結果嗎？面對無禮而不當的惡評，「小查詩人」很直接的回敬。讀者諸君不信，可以細讀二十一世紀「新三版」《金庸小說集》中，放在每回後的注腳，「小查詩人」還很認真對付各方「古山滾鼓」（不通、不通）的盲詞囈語。

有一回，黃仲鳴主席忽然對我說：「卜少夫讚你！」那時主席大人還在報界當老總。卜少夫先生是前輩名報人，平素沒有怎麼讀過卜老的文章，主席這麼說，定是指唯一那回跟卜老的交集。事緣某日讀報，見卜老的專欄文章出現「竊戈者誅，竊國者侯」兩句，這是我小時候考升中試時學過的諺語，年長後才知道出自《莊子》的「竊鉤者誅，竊國者為諸侯。」戈與鉤音近（北京話如此，廣府話則兩字讀音離行離列，不會弄錯）而致誤，便寫了封信給報館轉給卜老，認為可能音近致誤。鉤小而不礙眼，竊鉤罪輕、竊國罪重，這樣的對比才強烈。戈是長兵刃，就不是那麼一回事了。專欄作家不可能對讀者來信一一回覆，最簡單是在專欄附筆回答，因為不是經常讀該報，就不知卜老怎麼回我。按主席所講，卜老一定是欣然同意我的說法，並誇獎了我幾句。

近年稍讀《弟子規》，當中有云：「聞過怒、聞譽樂；損友來、益友卻。聞譽恐、聞過欣；直諒士、漸相親。」卜老與「小查詩人」都是受過中國傳統含有儒家精神的基礎教育，都有「聞過欣」的胸懷和美德。「小查詩人」對我這個年輕了一大截的小讀者顯得很謙光，還因為我雖然批評他，卻從沒有試過稍為找到「查大俠」一丁點兒的小錯，就跑到江湖上四處宣揚，而完全出於小讀者對優秀作品的鍾愛，措詞從來都是客客氣氣的。讚美時修辭立其誠，質疑時亦復修辭立其誠。

再蒙獎掖

千禧年以後，「金庸學」漸成「顯學」，潘國森參與其中，結識更多文友。林保淳教授，與我年齡相近而稍長，千禧年在北京出席金庸小說的學術會議初會，一見如故，相談甚歡。那回倒是先見了林教授的老師吳宏一教授，此後便不客氣跟林教授那樣叫吳老師了。吳老師看過我的書，這一回學術會議的文章，還特地指正我的無知。又因知道我曾自吹自擂是「天下第二」，更鼓勵我去爭這個不存在的「天下第一」呢！

我自稱「天下第二」，實是借用廣府俗語所講的「認了第二，無人敢認第一」，作為戲言。吳老師這樣說無非是獎掖後輩而已。待得我親自去拜訪吳老師時，已是幾年後的事，他老人家已從香港中文大學轉到城市大學任教。吳老師再提「天下第一」的事，便回說當個第二就好，無謂去爭第一。吳老師還再誇我有道家思想！

我們「香港代表團」飛到北京，北京大學的嚴家炎教授親自到機場接機，因為我在幾本「金庸小說評論」的專書貼了近照，嚴老師一見面就認得出我。那個年頭，我的外表比真實年齡看似年輕了二十年。後來才知道，會議期間不少國內的朋友都大感奇怪，奔相走問：「這個孩子多大了？」孩子者，區區在下潘國森是也。還有一位教授問我，出版第一部《話說金庸》時多大，我回說大學畢業後不久，實齡二十四五左右。那位教授有點驚訝，說我這麼年輕就寫成了《話說金庸》，自己就無謂再發表評論金庸小說的專書了。當然，教授只是戲言，亦不無獎掖後輩之意。他教研任務繁忙，再要擠出時間來認真研究金庸小說，思考和執筆為文，當然不及我們這些閒散人員可以連續刊行多種金庸學專書。今天，他的專著亦早已面世多時。

深恐斷層

三十多年前初讀金庸，但是看金庸劇已是四十多年前的事，原來與金庸小說結緣已近半個世紀！

據聞，二十一世紀陸續刊行的「新三版」《金庸作品集》銷路未如理想，不似上世紀七十年代起發表的「修訂二版」那麼受歡迎。別的地方不清楚，香港則是重災區。間有問此地年青大學生，看過些甚麼金庸小說。答案大多是一部起、兩部止！按出生年齡分，他們叫「九十後」，即一九九零年至一九九九年出生的一群。他們的父輩，約是「六十後」、「七十後」的中年人，間亦有「五十後」。那個年齡層的老香港，年青時有幾多人不曾讀金庸？又有幾多人不曾一讀再讀金庸？

二零零七年，香港教育當局和考試當局，取消了幾十年的傳統，在中學會考的中國語文科取消了考核範文的舊規。所謂範文，就是課程指定二十篇左右的文章，所謂「文言文」（或「古文」）佔了一半以上。公開考試不考，學校的老師就很難強迫學生去背熟少量古文。香港新一代年青人的中文水平就無可避免的大幅滑落。

以香港官場文化，錯誤舊政策要推翻重建，效率奇低。香港基礎中國語文教育，將會出現「十年文化斷層」，即是起碼有十屆的中學生是在不曾被迫背古文的環境下完成中學教育。於是金庸小說，就在許多「九十後」香港人心目中，成為難懂的「古文」。

各位讀者，最近一次讀金庸是甚麼時候？

若有餘暇，找一本金庸小說重讀吧！

潘按：本文在《百家文學雜誌》二零一五年二月號發表。